우리가
기대하는
멸망들

우리가 기대하는 멸망들

서강범 SF 단편집

달다

우리가 기대하는 멸망들

초판 1쇄 발행 2024년 1월 25일

지은이 │ 서강범
펴낸이 │ 조미현

책임편집 │ 김솔지
디자인 │ 엄윤영

펴낸곳 │ (주)현암사
등록 │ 1951년 12월 24일 제10-126호
주소 │ 04029 서울시 마포구 동교로12안길 35
전화 │ 02-365-5051
팩스 │ 02-313-2729
전자우편 │ dalda@hyeonamsa.com
홈페이지 │ www.hyeonamsa.com
블로그 │ blog.naver.com/hyeonamsa

ISBN 978-89-323-2351-0 03810

반문명 선언서

문명은 더 이상 찬란하다는 수식어가 어울리지 않게 되었다. 침몰하는 배의 선장들은 키를 돌리고 짐을 버리는 식으로 문제를 해결하려 했지만 우리 문명의 악업은 그 정도로 청산이 불가능하다. 더 나은 시스템과 기술이 우리를 구원하리라 믿는 이 무책임한 낙관을 더 이상 지성이라 부르지 않겠다. 인간과 행성을 공유해야 하는 다른 모든 유기물 및 무기물에게 깊은 죄의식과 책임감을 느끼며 우리는 이 무의미한 항해가 더 지속되어서는 안 된다는 입장을 밝힌다.

인간이 그나마 지성체로서의 존엄을 유지하기 위해서는 스스로 문명을 안락사시켜야 한다. 이는 자연으로의 회귀나 무정부체제에 대한 갈망 따위를 말하는 것이 아니다. 암세포와 같은 끊임없고 무의미한 증식과 확장으로 자기 자신과 주변을 망가뜨리는 문명에게 우리는 단 하나의 해법만을, 마지막으로 걸어야 하는 걸음을 제시한다.

언어가 존재의 집이라면 우리는 철거업자다. 이 말이 비유적인 표현이 아니라는 사실은 이미 지난 몇 주 동안 있었던 일들이 증명했을 것이다. 모든 다국적 기업들의 경영이 실질적으로 중단된 것, 전 세계의 모든 민간 군사 기업이 도산에 이른 것은 우연이 아니며 모두 우리가 의도한 결과이다. 우리가 살포한 음성언어형 바이러스는 청각기관을 통해 감염되고, 이 언어를 들은 숙주는 인지 체계와 언어 중추에 복구할 수 없는 손상을 입는다. 본 단체의 조직원은 모두 청각기관을 사용하지 않는 면역자로 구성되어 있으며 이 과업을 끝까지 완수하려는 결의에 차 있다.

우리는 바이러스 언어로 된 특정 단어들을 모든 대형 일방향, 쌍방향 미디어 플랫폼을 통해 살포했고, 살포된 단어들은 인류에게 아무 정보값도 지니지 못하게 되었다. 면역자를 제외한 인간은 출근, 도축, 의자, 직업, 신, 돈, 동물원, 벌목, 달리기가 무엇인지 영영 떠올리지 못할 것이다. 바이러스는 단어가 품고 있는 개념과 이와 관련된 구체적인 행위를 함께 멸절할 것이다. 이 선언문을 공표하기 전에 사법·수사기관에 관련된 단어를 살포할 예정이니 우리를 찾으려 하거나 이 계획에 차질을 주려는 시도는 성립 불가능하다.

이 언어가 무엇인지, 어디서 왔는지, 혹은 어떻게 우리의 손에 들어왔는지는 중요하지 않다. 특정 음성 패턴을 들려주는 것만으로도 인류에게 수천 년 동안 존재하던 개념을 인지 단계에서 한순간에 소거할 방법이 생겼다는 사실, 그것만이 중요하고 유효하다. 인간은 행동 동기에 늘

진보나 발전이라는 거창한 이유를 들어왔지만, 이는 틀렸다. 인간은 단지 가능한 것이라면 무엇이든 하는 존재에 불과하다. 이것이 인간의 유일한 행동 원리이자 본성이라면, 우리 또한 단지 할 수 있기 때문에 우리의 계획을 관철할 예정이다.

그 과정에서 불필요한 혼란을 덜기 위해 우리의 계획을 간단히 공지하고자 한다. 우리는 문명사회와 인간의 집단의식을 구성하는 단어들을 순서대로 살포할 것이다. 환경에 유독한 개별 산업, 기술, 화폐경제 체계, 국가의 개념을 차례대로 해체하고, 그 이후에는 민족, 혈족, 친족, 인종, 성별과 이와 관련된 정체성 단위를 지탱하는 모든 개념을 소거할 것이다. 이 단계가 끝나면, 우리는 사전에 등재된 모든 단어를 바이러스 언어로 통역해 전 세계에 방송하는 음성 재현 소프트웨어를 작동할 예정이다. 단 하나의 단어만이 이 과정에서 누락되겠지만, 그게 어떤 단어인지는 영영 아무도 알 수 없을 것이다.

이제 우리는 마지막으로 부채감의 안대를 두른 채 마지막 낭독을 시작할 것이다. 우리와 의견을 함께하지 않는 면역자들이 사회를 재건하려 할 수도 있다는 점을 우리도 안다. 하지만 낭독이 끝났을 때 남은 한 단어가, 혹은 그 한

줌의 면역자 집단이 우리를 구원하리라 믿지는 않기를, 그리고 더 이상 현상 유지를 위한 합리화 수단으로 희망을 남용하지 않기를 간곡하게 요청한다. 우리에게 행성이 주는 축복을 누릴 자격이 있었던 적은 없다.

최악의 세입자가

최악의 세입자에게

감독님, 이 영화 이렇게 찍으면 안 됩니다

비가 온 다음 날에는 거리에 침 냄새가 은은히 올라왔다.

파주 출판단지에는 아직 입주자를 찾지 못한, 새로 지은 빈 건물이 많았다. 명휘가 출근하는 길에 늘 보는 풍경이었다. 한 가지 다른 점이 있다면, 그런 여러 신축 빌딩 중 한 곳의 옥외 주차장에 못 보던 차가 주차되어 있던 것이었다. 깨끗한 건물과는 어울리지 않게 먼지를 가득 뒤집어쓴 검은색 승용차. 분명 어제는 밤새 비가 왔었는데 무슨 영문인지 그 차는 안이 보이지 않을 정도로 먼지로 뒤덮여 있었다. 그는 괜히 호기심이 동해 차창 안을 들여다보고자 먼지를 닦아냈지만, 유리창 너머는 도통 보이지 않았다. 햇빛 때문인가 싶어서 명휘는 양손으로 빛을 가리고 머리를 들이밀어 보았다.

그 순간 꿈을 꾸는 것 같았다. 차 안에는 세상에서 처음 보는 광경이 펼쳐져 있었다. 펼쳐져 있다는 표현이 정확했다. 차 안은 그야말로 널찍한 광장이었다.

"명휘 씨는 한국인 같지가 않네."

영상자료원 보존 담당 최 팀장이 첫 점심 식사 자리에서 한 말이었다. 명휘가 한식을 잘 못 먹는다고 말할 때, 그리고 서툰 존댓말을 드러낸 후에 어김없이 듣는 말이었다. 주로 '너는 이곳에 맞지 않는다'며 은근히 면박을 주는 뉘앙스가 대부분이었지만, 가끔은 명휘의 얼굴 골격이 동양인답지 않게 입체적이라는 칭찬의 의미로 쓰이기도 했다. 그것이 몇몇 동아시아인의 깊은 마음 속 한구석에 자리 잡은 백인 선망에서 비롯되었을지라도, 의도만 본다면 칭찬은 칭찬이었다. 어떤 의도로 말했든 간에 명휘의 기분에는 영향이 없었다. 그는 그저 그 말이 암시하는 깊은 자기혐오에만 공감할 수 있었다.

그렇다고 해서 명휘가 소속감을 바란 적은 없었다. 다만 이유가 궁금할 뿐이었다. 유학 한번 간 적도 없는데 왜 존댓말이 도저히 입에 붙지 않는지, 유독 돌출된 안구와 입체적인 얼굴 골격은 무엇 때문인지. 이런 의문들로 인해 명휘는 얼굴도 모르는 부모가 외국인일지도 모른다고 짐작할 뿐이었다.

그런 명휘가 유일하게 흥미를 느끼는 건 '화면'이었다. 이상하게도 모든 무색무취한 것들이 프레임을 통과하기만 하면 흥미로운 존재로 탈바꿈하는 마법을 부렸다. 그래서 명휘는 시도 때도 없이 주변을 찍었다. 스마트폰 카메라로, 언젠가 중고 바자회에서 헐값에 산 6밀리 캠코더로.

우리가 기대하는 멸망들

영상자료원 아르바이트도 더 좋은 카메라를 사기 위해 시작한 일이었다. 자료원에서 그가 하는 일이란, 보관된 필름을 기록하고 분류하는 것이었다. 오래된 필름에서는 아세트산 때문에 시큼한 냄새가 났다. 여러모로 장점이 많은 일이었다. 추위를 못 견뎌 늘 겨울을 저주하는 명휘였음에도 영하의 필름 보존고의 육중한 철문을 닫을 때는 퍽 안락함을 느꼈다. 그 문은 동질감을 갖추라고 요구하는 모든 소리를 차단했다.

게다가 무엇보다 좋은 건 가끔 빛을 비추어 필름을 들여다볼 수 있다는 점이었다. 직원들과 함께 하는 점심시간은 다소 고역스러웠지만 그것도 얼마 남지 않은 터였다. 명휘는 사고 싶었던 모델의 카메라를 구입했고 출퇴근 시간마다 보이는 것들을 영상으로 남겼다. 파주 출판단지 근처는 여백이 많은 자연 풍경과 독특한 디자인의 빌딩이 띄엄띄엄 어우러져 꽤나 멋진 그림을 만들어냈다.

⸻✧⸻

파주는 거리 한복판에 거위가 걸어 다니는 기이한 동네였지만, 출근길에 명휘가 발견한 그 먼지 쌓인 자동차의 창문 안 풍경에는 비할 바가 아니었다. 차의 크기는 분명 밖에서 보면 평범한 중형 승용차 정도였다. 하지만 어찌된 일인지 그 안은 몹시도 널찍했는데, 넓이가 잡지에서 본 적 있는 고급 호텔의 로비 정도였다. 처음 보는 기계 장치가 곳곳에 있었고 이해의 영역을 넘어서는 괴상한 디자인으로 가득 차 있었다. 마치 누군가의 악몽에서 튀어나온 것처럼 벽면이나 장치들이 유기체와 뒤섞여 이빨이나 뼈, 심지어는 체모까지 듬성듬성 있었다.

축축하고 주름진 표면이 거대한 생물의 내장 속을 들여다보는 것 같았다. 낯설고 기괴한 풍경이었지만 그렇다고 해서 아주 처음 보는 광경도 아니었다. 그건 데이비드 크로넨버그 영화 속 장면 같기도 했고, 대중매체에서 자주 재현된 기독교의 지옥 같기도 했다. 더 정확히 말하면 그로테스크한 테마의 팝아트 전시의 일부처럼 보이기도 했다. 때문에 처음에 명휘는 창문의 풍경이 조금 정교한 렌티큘러일지도 모른다고 생각했지만, 계속 들여다볼수록 자신의 생각이 틀렸다는 점만 확실해질 뿐이었다.

차 안 속 풍경은 명휘에게 점점 현실과 유리된 이미지로 다가오기 시작했다. 사람은 이해하지 못하는 것을 직면했을 때 현실을 최대한 자신의 인식 영역에 끼워 맞춰 왜곡한다. 명휘의 뇌 또한 치열하게 이 광경에 대해 시각적인 레퍼런스를 찾고, 합리적인 설명이 가능한 상황을 상상하고 있었다. 하지만 그 생생한 공간감은 도저히 설명이 불가능했다.

안에서는 유기체와 섞인 듯한 기계 장치들이 숨 쉬듯 수축하고 이완하고 있었다. 그 이상의 규칙적인 행동을 보이는 생명체는 보이지 않았다. 어찌 됐든 그는 이제까지 본 가장 흥미로운 피사체 앞에서 카메라를 들 수밖에 없었다. 외계인의 우주선 내부를 찍은 첫 영상이 될지도 몰랐다. 명휘는 떨리는 손으로 카메라 전원을 켰다. 하지만 뷰파인더로 들여다본 차창 안 풍경은 온통 검은색이었다. 아무리 조리개를 열어봐도 그 부분만은 그저 검은색으로 찍혔다.

애써 장만한 카메라가 야속해 카메라 설정을 이리저리 만지고 있던 차에, 출근하던 최 팀장이 그를 발견했다. 최 팀장은 명휘의 직속 상사였던지라, 출근 시간이 임박했는데도 한눈을 팔고 있는 그가 영 마음에 들지 않는 모양이었다. 명휘는 비밀이 들통 난 사람처럼 깜짝 놀랐지만, 최 팀장은 자동차는 보이지도 않는 듯이 어서 가자며 명휘를 재촉했다. 명휘는 샐러리맨의 무신경함에 안도하며 퇴근 길에 저 차를 다시 보리라고 다짐했다.

보존고 선반에서 필름 캔을 빼고 넣기를 반복하면서, 명휘는 그 자동차만 생각하느라 추위도 잘 느끼지 못했다. 하지만 생각을 하면 할수록 풍경이 떠오르지 않았다. 괴이한 무언가를 보았다는 확신만 남았을 뿐, 신기하게도 고작 몇 시간 전 본 기억의 디테일이 모두 휘발되고 있었다. 사라지는 기억에 혹시나 차까지 없어질까 싶어 업무 시간 내내 명휘는 전전긍긍했다. 다행히 퇴근 후에도 차는 그 자리에 있었다.

그는 자료원 창고에 보관되어 있던 고가의 홍보 영상 촬영용 렌즈를 최 팀장 몰래 가지고 나왔다. 훔친 렌즈를 카메라에 달아 찍어봐도 찍힌 사진에는 여전히 아무것도 없었다. 아직 해가 지지 않아 그리 어두운 것도 아니었다. 육안으로는 차 안의 풍경이 분명히 선명히 보였다. 차에서 시선을 돌리면 명휘의 머릿속에서도 그 풍경에 대한 기억이 희미해졌다. 저 이상한 세계는 기록되길 거부하는 듯했다. 속이 터질 노릇이었다.

그는 카메라를 내려놓고 최후의 수단으로 노트를 꺼내 적어보려 하기도 했다. 하지만 '이상한 차를 보았다'라는 문장 다음으로 구체적인 묘사를 하려는 시도는 모두 실패로 돌아갔다. 차 안을 보면서 떠올렸던 표현을 쓰려 하면 다시 머릿속이 새까매져 창으로 눈을 돌려야 했다.

명휘는 진리를 코앞에 둔 학자의 마음으로 밤새 창을 들여다봤다. 그 낯선 풍경이 익숙해질 때까지 바라보면서 자신의 어린 시절을 떠올렸다. 양육 시설과 위탁 가정을 전전하던 나날들. 내 방을 가진 적이 없던 나날들. 그렇다고 자기를 버린 생부와 생모를 궁금해하거나 원망하지는 않았다. 대신 오히려 무딘 속내를 물려준 그들에게 고마움을 느꼈다. 고통의 역치가 높은 덕분에 쉬이 마음을 다치지 않았고, 무엇도 갈망한 적 없기에 상실도 없었다.

그러나 이 차는 달랐다. 이번만큼 간절한 적이 없었다. 그는 이 자동차에 향수마저 느끼고 있었다. 집에서 밤을 보내고 와서도 이 차가 그대로 있을까. 다시는 망향자가 되지 않겠다는 마음으로 명휘는 그대로 아침까지 차 앞에 있었다.

출근 시간이 될 때까지도 그는 그곳을 떠나지 못했다. 차 안의 풍경을 기억에 담지 못한 것은 물론이고, 어떠한 기록도 남기지 못한 채로 아침을 맞이했다. 최 팀장이 출근길에 근처를 지나다가 어제와 같은 복장으로 황망한 표정을 하고 있는 명휘를 기가 찬 눈빛으로 바라보았다. 게

다가 옆에는 영상자료원 스티커가 붙은 카메라 렌즈가, 자신이 힘들게 예산을 따내서 구비해 놓은 카메라 렌즈가 바닥에 아무렇게나 놓여 있었다.

✦

기록자 퓰은 탐사 전부터 했던 걱정이 현실이 된 듯 초조해하고 있었다. 꽤나 중요한 프로젝트의 프로듀서 직책도 부담이 되었지만 주된 걱정은 연출자 젠 때문이었다.

젠에 대한 안 좋은 소문은 유명했다. 과거의 기록을 아카이빙 하는 것에는 관심이 없고 작가로서의 자의식을 내세우기만 해서 다소 다루기 어려운 사람이라는 게 중론이었다. 그런데도 다큐멘터리 부처에서 그를 이 중요한 시대를 기록하는 연출자로 골랐다는 건, 그가 그만큼 날카롭고 유효한 시선을 보유한 감독이라는 뜻이었다.

하지만 오늘도 젠은 퓰을 시간 탐사선에 남겨놓고 혼자 취재를 떠났고 양자 통신으로 메시지를 보내도 답장이 없었다. 퓰은 '지상인들도 별로 없는 이런 곳에서 뭘 찍는다고' 구시렁거리며 낯선 풍경을 거닐고 있었다.

퓰과 젠의 선조, 그러니까 지상인의 후손들은 급속도로 생물에게 적대적인 환경이 되어가는 지구에서 결단을 내려야 했다. 다른 행성에서 터전을 꾸리기에는 항공 우주 기술과 테라포밍이 초보적인 단계였다. 지구 말고 다른 대안을 찾을 수 없던 그들은 대신 깊숙한 지하로 들어가 삶의 기반을 세웠다. 지상의 유독한 공기를 정화하는 산소 발생 장치, 관개 수로, 인공 태양을 이용해서 인류는 멸종을 유보할 수 있었다. 지각 아래 상부 맨틀 안에서 살아남은 인류는 느리지만 지속 가능한 번영을 다시 꿈꾸고 있었다.

지하인 사회에서 다큐멘터리의 가치가 대두된 건 시간 여행 기술의 발명 이후였다. 언제든지 과거를 직접 목격할 수 있게 되자 지하인 사회는 기록과 역사의 중요성을 간과하기 시작했다. 기록의 부재는 그 자체로 문제였다. 단순히 지식이나 사실이 전승되지 못할 뿐 아니라 지하인 공동체를 유지하기 위해 합의된 가치들과 그 맥락이 전승되지 못해 사회 발전에 크게 제동이 걸렸다. 이에 따라 지하인 사회에서는 다큐멘터리의 가치를 제고하는 흐름이 생겼고, 이후 시간 여행은 '기록자'라는 지위가 부여된 자에게만 허용되었다. 시간 여행은 본래 시대로 돌아오는 경우를 제외하고는 과거로 가는 것만 가능했다.

애초에 시간 여행을 개발한 건 과거를 바꿔서 미래에 직접적인 영향을 주기 위해서가 아니었다. 그들은 시간 여행으로 과거에 영향을 주고 미래를 입맛대로 조작하는 것이 불가능하다는 사실을 알았다. 그렇기에 그들이 불가항력을 받아들이는 태도는 21세기의 인류와는 사뭇 달랐다. 후회나 아쉬움을 아예 느끼지 않는 것은 아니었지만, 어쩔 수 없는 일을 마주할 때 지하인은 지상인과 비교하면 대체로 고매한 승려처럼 굴었다. 그건 시간 여행 기술을 이해하고 활용하는 문명이라면 자연스럽게 내면화하는 태도였다.

시간 여행의 가장 실질적이고 유일한 용도는 과거로 사람을 보내 과거 지상 인류의 역사, 생태나 자연 변화를 관찰하고 기록하는 것이었다. 그들은 기록이 단순한 데이터가 아니라는 점을 알았다. 더 이상 객관으로서 독립적으로 존재하는 현상은 없으며, 현상에 대한 시선과 태도가 더욱 중요하다는 사실 또한 깨달았다. 이런 종 차원적 합의를 거쳐 다큐멘터리 부처가 세워졌다. 국가의 개념이 사라진 기술 공동체에서 다큐멘터리 부처란 그나마 그와 가장 비슷한 입지에 있는 기관이었다. 시간 탐사선을 운용할 권리를 가진 유일한 조직이기도 했다.

다큐멘터리 부처는 시간선 붕괴를 막기 위해 기록자와 과거 인류의 접촉을 그게 어떤 방식이든 엄격히 금지했다.

뮬이 입은 슈트는 기록자라면 탐사선 바깥으로 나갈 때 필히 착용하는 보호복이었다. 지하인에게 해로울 수 있는 지상의 대기와 태양의 자외선으로부터 보호해 준다는 의미보다 '지하인의 영향에서 당시 인류를 보호한다'는 뉘앙스가 더 강했다. 감각 클로킹 기술이 적용된 덕에 슈트의 착용자는 인간의 어떤 감각기관으로도 인지되지 않은 채 촬영을 진행할 수 있었다.

탐사선에도 클로킹 기술이 적용되었다. 탐사선에 탑재된 인공지능 피비(PB)는 주변 유기체가 선체에 다가오거나 관심을 두지 않게끔 조치하는 여러 방어기제를 가지고 있었다. 피비는 기록자들이 붙인 애칭으로, '가능성(possibility)'이라는 단어에서 따온 이름이었다. 피비는 유능하고 박식한 조수면서, 기록자들이 과거에서 괴리감으로 미치지 않게 도와주는 유쾌한 대화 상대였다.

✦

뮬은 잡초밭, 내천 근처, 콘크리트 건물 사이를 터벅터벅 걸으며, 어째서 상황이 이 지경이 되었는지를 생각했다. 그는 어째서 탐사선에 소형 호버링 머신을 한 대밖에 안 둬서 연출자가 멋대로 도망칠 수 있었는지, 어째서 피비가 젠을 더 강하게 붙잡지 않았는지 잘 이해가 되지 않았다. 뮬은 혼자 나간 젠의 위치 좌표를 따라가고 있었다. 그는 탐사선에서 원격으로 피비가 송신하는 이 시대에 대한 브리핑을 들으며 자신이 이 시대로 온 이유를 다시 한번 되뇌었다. 두 기록자가 온 시간대에서 약 3만 년 전인 이 시대는 지상 생태계 파괴의 변곡점이 되는 때였다.

피해를 최소화할 기회가 분명 여러 번 있었고 문제의 심각성을 인지한 개체들도 적지 않았다고 기록되어 있었지만, 종으로서 지상인들은 실패했다. 지상 생태계 파괴의 가속도가 증가한 시대였다. 역사의 관성을 탓할 수만도 없는 노릇이었다. 분명 이 시대의 인류에겐 문제적인 징후가 있을 터였다. 다큐멘터리 부처가 뮬과 젠을 보낸 것도 이 때문이었다. 21세기 초 지상인들이 대체 어떤 사회를 이루었고 어떤 행동 양상을 보였기에 비가역적인 환경 파괴가 가속화되었는지에 대한 상세한 기록이 필요했다.

괴팍한 성격이었던 연출자 젠과 달리 뮬은 유순한 타입이었다. 중앙아시아 봉건제 사회에서 살아가는 피지배 계층 여성의 삶을 조명한 다큐에 참여했을 때도 그 작품의 감독은 뮬을 입이 마르게 칭찬했다. 뮬은 유들유들한 성격으로 연출자와의 협상을 능숙하게 이끌어가는 프로듀서였다. 그는 감독의 의견을 존중해 계획 외의 촬영을 적극 지지하면서도, 연출자의 욕심으로 작품이 길을 잃지 않게 끔 중심을 잘 잡는 편이었다. 이번 프로젝트에 발탁된 것도 이때까지 같이 일했던 연출자들의 신뢰가 반영된 덕이었다.

하지만 그는 자신에 대한 세간의 평가를 그리 마음에 들어 하지 않았다. '일하기 편하다'라는 중평은 마치 자신이 줏대가 없어서 감독에게 마지못해 끌려다닌다는 의미로 들렸다. 가장 큰 프로젝트를 맡게 된 이유가 자신의 기획력이나 프로듀서로서의 자질 덕분이 아니라 단지 유순한 성품 때문이라는 생각이 들 때마다 뮬은 울컥했다. 이번 경우는 특히 그러했다. 젠은 누구도 같이 일하기 싫어하는 연출자로 소문이 났기 때문에, 뮬은 자신의 성격이 만만해서 폭탄을 떠안고 말았다는 생각을 지울 수가 없었다. 소문에 의하면 젠과 일한 어느 프로듀서는 젠이 '장비를 가지러' 가는 도중에 말도 없이 혼자 미래로 돌아가 버리는 바람에 자신을 데리러 올 시간 여행 감사원을 메소포타미아 시대에서 꼼짝없이 기다려야 했다고 한다.

이 시대에 도착해서 취재를 시작한 지도 일주일째였다. 프로젝트에 대한 걱정은 그뿐만이 아니었다. 뮬은 산업화 이후 시대의 지상인들에게 도무지 마음이 가지 않았다. 뮬은 그간 탐사했던 전근대의 인류를 지켜보면서 크게 거부감을 느낀 적은 없었다. 그는 산업혁명 이전의 인류에게는 조금의 동질감조차 느끼지 못했다. 그건 지하인이 달라진 환경에 적응하느라 지상인들과 확연히 구별되는 외양으로 진화했기 때문도 아니었고, 연출자가 아닌 대부분의 다큐멘터리 부처 소속 지하인들처럼 피사체를 무감각한 태도로 대하기 때문도 아니었다. 과거 지상인들이 유인원에 대한 다큐멘터리를 찍을 때 유인원들이 얼마나 비위생적인 생활을 하든 기분이 상하지 않듯이, 뮬 또한 과거 지상 인류가 얼마나 야만적이든 동질감을 느끼지 않기 때문에 혐오감도 느끼지 않았다.

그러나 산업화 이후의 지상인들은 달랐다. 인류가 기술에 의존하는 정도가 확연하게 커지면서 현생 인류와 공통점이 많이 보이기 시작했다. 게다가 이 시대의 인류는 가장 직접적으로 지구를 망치기 시작한 세대였다. 이전 작업에서 인간을 취재하며 느꼈던 경이감은 사라지고 불쾌함이 그 자리를 대체했다.

불행인지 다행인지 그들이 도착한 곳에서는 인간이 잘 보이지 않았다. 점심시간에 건물에서 우르르 몰려나올 때만 사람이 좀 보이는 정도였다. 뮬은 기형적으로 생긴 선조들이 무리 지어 게걸스럽게 식사를 하는 장면을 보며 다시 한번 구역질을 참아냈다.

뮬과 달리 젠 감독은 지상인을 멸시 어린 시선으로 보지 않았다. 뮬은 당장 동료들에게는 괴팍하게 굴면서 '파인 눈깔' 야만인에게만 애정과 관심을 할애하는 젠이 마음에 들지 않았다.

'파인 눈깔'은 종종 기록자들끼리 과거 인류를 부를 때쓰는 멸칭이었다. 지상인과 비교했을 때 지하인의 가장 두드러진 외형적인 특징은 안와 구조였다. 안구는 5센티미터 정도 튀어나와 있었고 이를 덮기 위해 안와골 또한 돌출되어 있었다. 높은 중력을 견디느라 안압이 증가했기 때문이다. 눈을 감아도 눈꺼풀이 안구를 모두 덮지 못했기에 안구 건조를 피하려 눈을 이리저리 굴리는 건 그들에겐 전혀 무례한 행위가 아니었다. 지하인들은 안구를 보호하기위해 늘 인공눈물로 가득 찬 유연한 재질의 원통형 고글을 착용했다.

튀어나온 눈이 생존에 불리한 것만은 아니었다. 양쪽 눈을 자유롭게 움직일 수도 있었기에 시야각이 290도에 달해 고개 뒤쪽도 어느 정도 볼 수 있었다. 게다가 눈은 그 자체로 기록 장치의 기능도 수행했다. 기록자들의 눈에는 시신경에 바로 연결되는 생체 카메라가 이식되었다. 기록자 한 사람 한 사람은 그야말로 쉬지 않고 녹화하며 움직이는 카메라였다.

젠이 소형 호버링 세그웨이에 올라 인간들 사이를 누비는 것만으로도 제법 괜찮은 그림을 잡을지도 모른다. 뮬은 도보로 이동하고 있기 때문에 젠만큼 역동적인 화면은 못 찍겠지만 뮬 또한 촬영을 하고 있었다. 여차하면 젠에게 자신이 찍은 소스를 보여줄 생각이었다.

하지만 뮬의 마음은 편하지 않았다. 늦어지는 촬영 일정 때문만은 아니었다. 처음 도착했을 때 몇 번은 젠과 촬영 소스를 찍느라 여기저기 다니긴 했지만, 뮬은 젠이 일관된 주제 없이 마구잡이로 찍는다는 인상만 받았다. 거장과의 작업이란 이런 것일까. 변덕스러운 예술가를 섬세하게 컨트롤하는 데 성공한다고 해도 아직 존재하지 않는 도달점까지 프로듀서가 만들어줄 순 없었다. 젠도 그런 뮬이 불편했는지 잠든 사이에 뮬을 따돌리고 혼자 촬영을 나갔다. 그 인간이 과거에 그랬던 것처럼 탐사선을 작동해 혼자 확 떠나버릴까 하는 생각을 감지했는지 피비는 계속 뮬을 달랬다.

"곧 괜찮은 소스를 찍어서 돌아오겠지. 이러니저러니 해도 젠은 눈이 좋은 감독이니까. 게다가 그는 생각보다 넓은 마음을 가졌어."

뮬은 피비의 말이 그리 와닿지 않았다. 젠은 여전히 통신에 응답이 없었을 뿐만 아니라 이젠 위치마저 알 수 없었다. 그건 곧 젠이 뮬이 따라온다는 걸 알고 연결을 끊었다는 뜻이었다. 뮬은 더 이상 참지 않겠다는 마음으로 시간 탐사선으로 발걸음을 돌렸다. 다큐멘터리 부처 처벌 위원회에 회부해서 다시는 그 인간이 시간 탐사선에 오르지 못하도록 할 작정이었다.

한참을 걸어서 탐사선 근처로 돌아온 뮬은 이상한 광경을 보았다. 한 지상인 개체가 탐사선을 뚫어지게 들여다보고 있었다.

탐사선은 그 시대 풍경과 어울리는 시설이나 구조물로 위장했다. 이번 경우엔 아무도 관심 가지지 않을 낡은 자동차 모양이었다. 탐사선은 단순히 겉모습을 위장하는 게 전부가 아니라, 슈트보다 더 진일보한 클로킹 기술을 적용했다. 탐사선이 내뿜는 파장은 근처 지상인의 무의식에 간섭

해 탐사선의 존재 자체를 무시하게끔 하기 때문에 지상인이 탐사선의 존재를 알아채기란 불가능했다.

하지만 이 지상인은 달랐다. 심지어 이 개체는 카메라로 내부를 찍으려 하고 있었다. 기록을 막는 파장 역시 작동하는지라 기록 매체로 저장하는 건 불가능할 테지만, 뮬이 크게 당황했다는 사실에는 변함이 없었다. 하지만 이런 일을 해결하는 것도 프로듀서의 책무였다. 그는 우선 멀찍이서 피비와 연락을 주고받으면서 방법을 찾으려 했다.

"피비, 클로킹 파장 강도를 높여봐."

"좋은 생각 같지는 않아. 당장 탐사선에 엄청난 호기심을 보이는 상황인데, 지금 차에 대한 정보만을 갑자기 지운다면 더 수상하게 생각할 거야. 더 관심을 보이겠지."

"다른 장소로 공간 좌표 이동하면 안 돼?"

"배터리 충전이 아직 덜 되어서 좌표 이동은 아직 불가능해. 이번 탐사는 세밀한 좌푯값을 찾느라 에너지를 많이 낭비했어. 이 시대는 어디 자리만 잡으려 하면 다 중첩이 떠서…. 뭔 놈의 구조물이나 인간이 그렇게 많은지."

피비가 투덜대는 소리가 들리지도 않을 정도로 뮬은 난감해하고 있었으나 그 지상인도 마찬가지로 당황한 것처럼 보였다. 행동거지를 보아하니 아마도 탐사선 내부를 어떤 방식으로든 기록하려는 것 같았다. 카메라가 소용이 없자 문자를 끄적이려 하고 있었다. 파장의 영향이 아예 없지는 않은지 방금 관찰한 탐사선 내부의 풍경을 글로 옮기는 것조차 힘겨워하고 있었다. 하지만 탐사선에 흥미를 보이는 것 자체가 충분히 이례적이었다.

뮬이 저 지상인을 어찌해야 되나 고민하는 차에 양자 통신으로 젠에게서 메시지가 왔다. 자신이 찍은 푸터지와 함께 보낸 음성 메시지였다. 영상에는 무리 지어 같은 행동을 하는 지상인들의 모습이 찍혀 있었다.

"GPS를 꺼놓은 건 미안하게 생각해. 하지만 일주일 동안 성과는 있었어. 어쩌나 정교한 사회인지 감탄이 절로 나와. 사회 구성원을 가축처럼 다루는데, 정작 구성원들은 자신에게 자율성이 있다고 착각하고 있어. 해수면 상승만 아니었다면 이 사회는 훨씬 오래 지속됐을 거야. 꽤 진화한 뇌를 가졌음에도 이 시대의 대부분의 개체는 사고다운 사고를 하지 못하고 있어. 그동안 내가 혼자 나간 건 이번 작품의 중심 가닥을 잡기 위해서였어. 이 정도로 발전한 사회라면 예외적인 개체가 있을지도 모른다는 기대를 가졌지만 이젠 정말 내가 틀렸다는 걸 인정해야겠어. 딱히 눈에 들어오는 개체는 없더군. 우선 돌아가서 얘기하지."

메시지를 본 순간 뮬은 머리가 복잡해졌다. 젠이 예상보다 상식적인 화법을 구사한다거나 연출자로서의 비전이 있다는 건 달가웠지만, 그 비전의 방향이 문제였다.

젠의 이러한 '작가주의적 특수성'이 허용되는 시간대도 있었다. 그런 시간대는 대부분 다큐멘터리 부처가 크게 관심을 두지 않았기 때문에 소재 선정부터 최종 편집까지 모두 연출자가 통제하에 둘 수 있었다. 하지만 이번 작품은 지구 생태계 파괴를 초래한 지상인들의 경향을 파악한다는 목적이 분명한, 학술 다큐멘터리에 가까운 프로젝트였다. 개체의 특성에 집중하는 건 이번 프로젝트와는 결이 맞지 않았다. 게다가 이번처럼 이목이 쏠린 탐사는 다큐멘터리 부처도 명확한 목표를 가지고 있기 때문에 목표를 달성하지 못한다면 지금까지 뮬이 쌓아온 커리어가 다 부정될지도 모르는 일이었다.

뮬은 찍을 가치가 있는 특수한 개체가 딱히 없다고 젠을 설득해야 했다. 하지만 젠이 곧 돌아와서 자신의 연출 의도에 부합하는 저 지상인 개체를 발견한다면 자신의 비전을 밀고 나갈 것이고 설득은 실패할 게 분명했다. 뮬은 프로듀서로서 지금 상황에 위기감을 느꼈고, 그 위기감의 근원이 바로 탐사선 앞에 있었다. 그는 젠이 돌아오기 전에 어떻게든 저 지상인을 처리해야 했다.

피비는 뮬의 절박함을 감지했다. 탐사선에 접근하는 지상인을 내쫓기 위한 초저음역대 주파를 내뿜어 보기도 했지만 씨알도 먹히지 않는 듯 지상인은 여전히 멍하니 탐사선 내부를 들여다보고 있었다. 시간이 갈수록 그 지상인이 이례적인 존재라는 점만 증명될 뿐이었다. 그 와중에도 젠은 점점 가까워졌다. 불가항력을 잘 받아들이는 지하인이었지만, 뮬은 아직 상황 통제가 가능하다고 생각하는지 포기하지 않았다. 그는 고민 끝에 사뭇 비장한 결단을 내린 듯한 표정을 지었다.

"피비, 인과율 추적기로 저 지상인의 변수를 한번 잡아 봐."

"변수라니?"

"저 지상인이 사라지면 우리 미래에 영향을 주겠느냐고."

"그거 범죄인 건 알지? 우리가 오래 안 사이이긴 하지만, 네가 다큐멘터리 부처와 미래에 위협이 된다면 나는 너를 당국에 신고할 수밖에 없어. 프로그래밍된 대로."

"이번 프로젝트를 실패하면 너도 책임에서 자유로울 수

없어. 아마 평생 정화조나 관리하는 인공지능으로 좌천될 수도 있겠지. 그러기 싫으면 너도 빨리 결정 내려야 해. 젠 감독은 지금 고작 10킬로미터 거리에 있어. 몇 분이면 도착할 거야."

피비는 뮬의 말에 반박할 수 없었다. 피비는 자신이 탐사 담당 인공지능이라는 점을 뿌듯해했다. 그는 다양한 세상을 구경하는 여행자의 삶을 무척 즐겼기에 뮬의 말에 동의할 수밖에 없었다. 피비는 위상 연산장치를 이용해 명휘의 삶의 궤적을 스캔하고는 명휘와 유의미하고 장기적인 상호작용을 나눴던 인간들의 목록을 만들기 시작했다. 임명휘의 존재를 지우는 것이 그들에게 어떤 영향을 미칠지를 산출하기 위함이었다.

단지 뮬이 온 미래까지의 영향만을 계산할 수 있으니 아주 정확한 건 아니었다. 하지만 뮬은 지금 시점까지 그다지 영향이 없었다면 그 이후에도 이 지상인의 죽음이 영향을 미칠 일은 없을 게 분명하다고 판단했다. 흔히 무심코 던진 돌에 개구리가 죽고 나비의 날갯짓이 태풍을 불러온다고 믿지만, 그런 극적인 일은 거의 일어나지 않는다. 그것이 시간 매개 변수 시뮬레이션을 통해 증명된 지하인들의 상식이었다. 일어날 일은 어떤 식으로든 일어나고 일어나지 않을 일은 일어나지 않는다. 피비가 계산을 마쳤다.

"이름은 임명휘야. 이름이 있는데도 이렇게나 유의미한 상호작용이 없을 수 있다니 이상할 정도네. 이 사람의 부재가 우리의 미래에 주는 영향이 없어. 철저하게 고립된 채 살 건가 봐."

"다행이라고 해야 하나. 이 세상에 연결점이 없을 정도로 이례적인 개체여야 탐사선을 인지할 수 있다는 걸까?"

뮬은 원자 분해기를 꺼내 지상인을 조준했다. 본래 표본 수집용 도구였지만 출력을 높이면 인간쯤은 손쉽게 흔적도 없이 사라지게 할 수 있었다. 뮬은 원자 분해기를 가동하기 전 피비에게 당부했다.

"이번에는 현실 복원용 데이터 백업도 하면 안 되는 거 알지? 젠이 알면 현실 데이터를 롤백해서 결국 촬영을 강행할 거야. 무를 수 없어야 해."

현실 데이터 백업은 클로킹 기술과 함께, 과거에 개입해서 시간선이 붕괴되는 일을 막기 위한 보험이었다. 탐사선에는 기록자들이 과거에 영향을 미쳤을 때의 변화를 감지하고, 영향을 주기 전의 근처 시간대 현실의 모든 데이터를 임시로 저장하고 복원하는 기능이 있었다. 모든 순간을 영구적으로 저장할 순 없었지만 이 덕에 위험한 사건을 여러 번 넘길 수 있었다.

피비는 백업 데이터를 지울 준비를 하며 제법 기계 같은 소리를 냈다. 갑자기 인간의 언어로 말하지 않는 건 피비 나름의 시위였고 신경질이었다.

뮬이 원자 분해기를 명휘를 향해 가동하자 그는 각막에 기묘한 풍경을 새긴 채 가장 작은 단위로 쪼개져 대기 중으로 사라졌다.

✦

얼마 지나지 않아 젠이 탐사선으로 돌아왔다. 피비는 아무 일도 없던 것처럼 젠을 환영했지만 뮬은 젠의 눈치를 살피고 있었다. 명휘를 없앴다고 하더라도 돌아오는 길에 젠이 다른 이례적인 지상인 개체를 발견했다면 여전히 프로젝트는 젠의 계획대로 진행될 위험이 있었다.

"메시지는 확인했어. 사실 화가 나긴 했지만 당신도 내 심정을 아예 모르는 건 아닌 듯하니 잔소리는 그만둘게."

"생각보다 할 말은 하는 편이네. 소문과는 다르게."

"당신도 마찬가지야. 일정이 많이 지체됐으니 이제 따로 찍는 건 관두고 방향을 잡자."

우리가 기대하는 멸망들

뼈가 있는 농담을 주고받으며 뮬은 안도했다. 뼈가 있다는 말은 탐사선 내부의 장치에도 해당되는 말이었다. 탐사선 내부 장치들을 마감하는 데 쓰인 유기물은 지하인 동료들의 사체였다. 다큐멘터리를 찍는 동안 희생된 이들의 사체를 미래에 남기지 않기 위해서였다. 물론 그들의 희생과 다큐멘터리의 숭고한 가치를 잊지 말자는 감상적인 이유도 있었다. 명휘가 매혹되었던 풍경에는 다 싱거운 당위만이 있을 뿐이었다. 둘은 붉은 천엽 같은 벽면으로 둘러싸인 탐사선 시사실에서 각자 찍은 푸티지를 띄우고 얘기를 나눴다.

영상에는 지상인들의 대략적인 일과뿐 아니라, 인서트로 아주 적당한 컷들도 찍혀 있었다. 무한히 만들어지는 플라스틱, 공장형 축산농가, 끝도 없이 이어지는 자동차와 인간들의 행렬, 산처럼 쌓인 음식을 먹는 사람을 보여주는 원시적인 화상 기기에 눈을 고정한 채 입맛을 다시는 사람들, 공동체의 범위를 좁히자며 저열한 언어를 무책임하게 내뱉는 사람들.

지상인들은 무한히 확장 가능한 연결의 가능성을 앞에 두고도 단절적인 안온을 택하고 있었다. 확실히 과잉과 자기 몰입의 시대였다. 이건 단지 그들만의 탓도 아니었지만 모두의 탓이기도 했다. 자기 몰입은 세계를 제대로 바라보는 걸 방해하고 각자의 세계를 딱 각자만큼으로 한정 지었다. 바로 그 덕분에 명휘라는 이례적이고 고립된 존재가 성립 가능했고, 동시에 그가 없어져도 세상에 큰 변화가 생기지 않을 수 있었다. 뮬은 티를 내지는 못했지만 자신이 연출가였다면 이 아이러니를 다루는 작품을 찍고 싶다고까지 생각했다.

하지만 젠은 명휘를 보지 못했기에 그런 절묘한 시대적 아이러니를 다루는 작품을 만들 수 없었다. 대신 젠이 찍어온 영상 소스들은 멸망 직전 문명의 쓸쓸하고 어리석은 풍경을 담은 꽤 나쁘지 않은 다큐멘터리를 만들기에는 충분했다. 둘은 촬영한 소스들로 여러 버전의 가편집본을 만들어보았다. 대부분 다큐멘터리 부처가 만족할 만한 작품이었다. 뮬은 이를 토대로 여러 구성을 제안했다. 둘은 전에 없이 서로의 의견을 적극적으로 수용하며 구성을 짰다. 작업은 순조로웠다.

젠은 골머리를 앓고 있었다. 그는 이번 작품으로 은퇴할 셈이었고, 자신의 마지막 작품이 자신의 걸작이자 문제작이 되길 원했다. 하지만 그가 보기에 모든 가편집본은 너무 매끈하고 온건했다. 젠은 역시 작가답게 무난하거나 누구나 알아듣기 쉬운 작품을 만들 생각이 없었다. 생태계 완전 파괴의 문제적 징후들은 이 원시적인 지상인 중 일부도 이미 충분히 인지하고 있었을 정도로 명백하고 뻔했다.

그에게는 다른 게 필요했다. 아무 관계도 없어 보이지만 절묘하게 연결되는, 흥미로운 통찰을 과시할 수 있는 어떤 것이. 젠에게 필요한 건 해명되지 않는, 특수하고 이례적인 데이터였다.

그는 일단 뮬과 약속한 방향대로 영상을 편집했지만 여전히 작품에 자신의 작가적 인장을 남길 만한 여지가 있는지를 궁리하고 있었다. 동시에 그는 피비와 몰래 내통해 백업된 현실 데이터 중 조금이라도 수치가 이상한 것들을 몽땅 뒤졌다. 피비는 자신이 지상인을 죽이는 데 도움을 줬다는 사실이 드러날까 봐 난처했지만 결국 작품 제작을 도와주는 게 자신의 책무이기 때문에 거부할 수는 없었다. 그 대신 피비는 임명휘와 관련된 모든 데이터를 누락하고 정보를 넘겼다.

젠은 이런 데이터를 찾고 있었다. 논리적인 이유 없이 정규분포에서 극단값을 보이는 데이터. 그건 특정한 지상인이 한 좌표에 머무른 시간, 걸음 수, 마늘 소비량, 본 영화의 개수일 때도 있었다. 한 개체가 그런 극단값을 적어도 스무 개 이상 가지고 있다면 그 개체는 이례적이라 이를 수 있었다. 그리고 이례적인 개체는 곧 다큐멘터리의 좋은 소스이기도 했다. 모집단별로 따로 추출해야 하므로 시간이 오래 걸리는 작업이었다. 젠은 뮬이 잘 때를 틈타 피비의 전산력을 외장 뇌로 사용하고 길다란 눈을 이리저리 옮겨가며 데이터를 분석했다.

예상외로 극단값은 많이 나왔지만 인과율 추적기를 써보면 개체들의 행동 양상은 모두 그리 특별할 게 없었다. 다소 독특한 게 나와도 촬영 소스로 적합할 정도는 아니었다. 도저히 활로가 보이지 않았다. 뮬은 모든 일이 일정대로 다 진행되는 줄로만 알고 있었고, 프로덕션을 마무리하고 원래 시간대로 돌아가기까지 며칠밖에 남지 않았다.

젠은 멍하니 데이터를 들여다보았다. 시간대가 아예 빈 곳이 보였다. 현실 복원용 백업 데이터는 나노 초마다 자동으로 저장되기 때문에 이건 오류거나 누락이었다. 젠이 피비에게 물었다.

"이봐, 이건 어떻게 된 거지? 이 부분의 메타데이터가 비어 있잖아."

"그때 강한 태양풍 전자기파가 덮쳐서 잠시 공백이 있었어. 다행히 근처 데이터들은 살릴 수 있었는데 그 부분은 놓친 거지."

완전히 거짓말은 아니었다. 실제로 그즈음에 미약한 태양풍이 있었다. 하지만 피비의 설명은 의심을 사기에 충분했다. 탐사선의 현실 복원 기술은 뛰어났다. 반드시 그런 상황을 대비해 안전장치를 마련했으리라는 점을 젠도 알고 있었다.

젠이 이제부터 할 일은 명확했다. 그는 뮬을 찾아갔다. 지상의 기후는 지하인에게 너무 춥고 건조했기에, 뮬은 따뜻한 보습제로 채워진 욕조에서 몸을 녹이는 중이었다. 얼마 전에 탐사선에 새로 추가된 이 보습실은 기록자가 가장 선호하는 장소였다. 젠이 문을 벌컥 열고 들어왔다.

"피비에게 현실 복원용 데이터를 누락하라고 지시한 게 당신이지?"

뮬은 눈을 감싸고 있던 원통형 고글을 벗고 젠에게 시선을 돌렸다. 평소보다 더 돌출된 두 눈이 그가 얼마나 당황했는지를 증명하고 있었다.

"그게 무슨 소리야?"

"당신 소문과는 다르게 악질이었군. 복원 데이터를 건

드리는 건 중죄란 사실을 알 텐데?"

"그건 당신이 작품을 망치려 해서…."

"고작 내 연출 방향이 마음에 안 들어서 현실 복원 데이터를 조작하다니. 다큐멘터리 부처 사람들이 당신을 왜 좋아하는지 이제 알겠어. 영화를, 세상을 이따위로 대하니까 죽이 잘 맞는 거야."

"그럼 당신의 눈이 영화를, 세상을 제대로 보고 있다고 생각해? 당신 자의식 실현하려고 이 옛날로 온 게 아니잖아. 우린 제대로 이 시대를 기록하고 전달할 의무가 있어. 잘난 예술혼이 그것보다 중요하다고 생각하면 이 시대로 오면 안 되는 거지."

"당신이야말로 세상을 제대로 못 보고 있잖아. 자기 입맛대로 세상을 보려고 현실을 조작하는 당신보다 내가 더 잘못했다는 건가?"

피비는 조용히 둘의 대화를 지켜봤다. 그가 조용해진 건 스트레스로 인해 감정 방어기제가 작동해 사회성을 담당하는 코어를 꺼버렸기 때문이기도 하지만, 동시에 나중에 자신에게 돌아올 추궁을 피하고자 대화에 끼지 않은 채 상황을 전부 녹화하고 있기 때문이기도 했다. 피비는 벌써 '선택의 여지가 없었던 가련한 인공지능' 연기를 위한 대본까지 준비 중이었다.

대화가 점점 격해지는 와중에 갑자기 탐사선 전체에 특이점 신호가 울렸다. 누군가 근처 좌표로 시간 여행을 왔다는 뜻이었다.

＊

다큐멘터리 부처 소속 시간대 관리 부서의 감사원이 타는 탐사선이 도착했다. 젠과 퓰은 얼른 탐사복을 입고 마중을 나갔다. 퓰은 본인 때문에 시간적 특이점이 발생해 버렸고, 감사원이 도착한 것도 그 때문이라 짐작했는지 마른침을 삼켰다.

탐사선에서 내린 감사원은 자신을 벡이라고 소개했다. 젠과 퓰 모두 들어본 적 없는 이름이었다. 그건 확실히 이상한 일이었다. 둘은 다큐멘터리 부처에서 꽤나 오래 일했기 때문에 시간대 감사원 같은 중책을 맡은 사람이라면 훤히 꿰고 있기 때문이었다. 특히 시간대 관리 부서는 일의 특성상 다큐멘터리 제작 과정에서 공조가 많은 부서였다.

"저를 모르는 게 당연해요. 당신들 때문에 변한 미래에서 왔으니까요."

벡이 시간적 특이점을 감지해서 이곳에 온 것은 맞았다.

다만 그 여파의 수준이 다를 뿐이었다. 벡은 말하자면 '급하게 때운' 버전의 현실에서 온 사람이었다. 그는 명휘의 죽음이 초래한 결과로 젠과 퓰이 온 미래가 사라질 위기라고 전했다. 큰 변화를 감지한 다큐멘터리 부처의 상위 인공지능은 잠시 현실을 '얼려놓고' 명휘의 여파가 없는 시점의 데이터를 토대로 롤백을 해 임시 대체 현실을 만들어냈다. 하지만 그 현실은 그야말로 임시 대체 현실이라 30년의 기한이 있었다.

벡은 그 대체 현실에서 태어나고 자라 시간 감사원이 된 26살 청년이었다. 그 말은 곧 4년 안에 이 일을 해결하지 못한다면 퓰과 젠이 살아온 정규 시간선이 붕괴한다는 뜻이었다. 하지만 그가 살아온 세계는 경우가 달랐다. 그가 일을 무사히 마치고 돌아가는 데 성공하더라도 그의 세계에는 기한이 있었다. 말하자면 그가 살아온 시간선은 퓰과 젠의 세계를 지키기 위해서만 존재했다.

피비가 인과율 추적기로 계산했을 때 명휘의 죽음이 아무 결과도 초래하지 않는다는 결과가 나왔다는 점을 생각하면 이 상황이 여전히 설명이 안 되었다. 당황하고 있는 둘의 표정을 감지했는지 벡은 조금 더 설명을 덧붙였다. 명휘의 죽음이 미래에 영향을 주지 않는 건 그 사건이 필연적이기 때문이었다. 따라서 벡은 문제가 생겨서 온 거라기보다는 응당 와야 하기 때문에 온 것이었다. 뮬은 그가 그리 적대적이지 않은 태도를 하고 있다는 점이 그저 놀라웠다.

"자, 당황하지 마세요. 당신들은 해야 할 일을 한 거고 나도 해야 할 일을 하러 온 거니까. 다만 저는 제가 해야 하는 일을 아직 모를 뿐이에요. 제가 무엇을 해야 하는지 알아낼 수 있도록 당신들이 도와줘야 합니다. 내가 이 시대에서 해야 할 일을 하지 않으면 우리의 미래는 모두 사라져요."

다큐멘터리 부처가 명휘의 죽음으로 인한 시간대 붕괴를 감지하고 새로운 가지의 임시 시간선을 만들고 난 후, 그들은 과거로 보낼 감사원으로 적합한 인재를 물색했다. 아무리 불가항력을 잘 받아들이는 지하인이라도 피할 수 없는 종말이 다가온다는 말에 동요하지 않을 리는 없었기에, 다큐멘터리 부처는 은밀하게 일을 진행해야 했다. 인과율 추적기로 미래가 과거에 준 영향을 계산할 수는 없었기 때문에 다큐멘터리 부처는 다른 방법을 고안해야 했다. 우선 그들은 공동체 내에서 이례적인 데이터를 보이는 지하인을 찾았다.

벡이 시간대 감사원으로 발탁된 건 독특한 성장 배경 때문이었다. 지하인은 기술 공동체와 가치 공동체를 구분했다. 기술 공동체가 삶의 기반이 되는 기술을 공유하는 도시와 같다면, 가치 공동체는 윤리관과 사상에 따라 그 안에서 세부적으로 나뉜, 거주 단위의 개념에 가까웠다.

벡은 오세아니아의 맨틀 상층부 지열 플랜트 기술 공동체에 속하는 가치 공동체에서 자랐다. 그곳은 아이를 낳는 사람이 아이의 양육을 독점하지 않고 구성원이 동등한 정도의 감정을 교류하기를 권장하는, 다소 종교적인 색체가 짙은 공동 양육 공동체였다. 그들이 그런 삶의 방식을 고집하는 이유는 분명했다. 더 소중한, 독점적인 관계가 형성되면 동시에 덜 소중한 관계나 배타적인 관계가 생기기 마련이었고, 그건 차별로 이어지기 쉬웠다. 그들은 모두를 똑같은 정도로 사랑하기 위해 사랑을 포기했다. 그래서 그들의 대화는 늘 일 대 다수로 이뤄졌다.

벡의 소통 방식은 그것과 정반대였다. 그는 친구들과 교류를 많이 하는 아이가 아니었지만 어쩌다 남들과 이야기를 할 때면 눈을 반짝이며 온몸으로 상대에게 침투했다.

우리가 기대하는 멸망들

상대는 보통 기꺼이 그 침투를 받아들였기 때문에 그건 무례가 아니었다. 호기심과 흥미가 넘치는 다정한 질문에 진심이 담긴 답변이 이어졌고, 늘 대화가 끝나면 상대 아이들은 벡과의 관계에서 대체 불가능한 감정을 느꼈다. 그건 벡의 천성이자 습관이었지만 모두 진심이기도 했다. 벡은 애정을 담는 마음의 그릇이 사람별로 각자 따로 존재하기라도 하는 듯 포기하지 않고 대화했다.

커뮤니티의 양육자들은 벡의 이러한 태도가 공동체적 가치를 해친다고 판단해 여러 번 경고했지만 벡은 자신을 바꾸지 않았다. 벡은 다른 지하인들처럼 순응적이긴 했어도 바꿀 필요가 없다면 바꾸지 않을 용기가 있는 사람이었다. 몇 번의 경고 끝에 그는 성인이 되자마자 공동체에서 쫓겨났고 지열 플랜트 근처 굴에서 혼자 살았다. 벡의 친구들은 몰래 마을과 벡의 굴이 통하는 땅 길을 내서 종종 같이 어울렸고 자주 같이 울었다.

다큐멘터리 부처는 이례적인 데이터를 보이는 몇몇 후보들 중에 벡을 선정했다. 시간대 감사원에게 요구되는 제일 중요한 자질은 용기도, 침착함도, 헌신도 아니었다. 그들은 자신이 살던 세계와 손쉽게 결별할 수 있으면서 동시에 애착을 놓지 않는 사람을 찾고 있었다. 벡은 그 조건에

딱 맞는 사람이었다. 그는 공동체에 다시 돌아갈 생각이 없었지만 여전히 친구들을 사랑했다. 그에게 공동체는 공간이 아니었다.

다큐멘터리 부처의 직원이 그에게 찾아와 상황을 설명했을 때 그는 찾아온 직원에게 한 가지만을 물었다.

"그럼 지금 동결된 그 세계에도 제 친구들이 존재하겠죠?"

직원이 그렇다고 대답하자 벡은 바로 제안을 승낙했다. 그리고 사는 곳을 떠나기 전 친구들을 모아놓고 마지막 한마디를 남겼다.

"너희가 죽지 않고 노인이 되는 모습을 보고 싶었어."

✦

벡은 명쾌한 사람이었다. 그는 젠과 뮬의 탐사선에 오르더니 피비에게 자료를 요청했다. 젠과 뮬은 벡의 말을 듣고는 다소 혼란스럽긴 했지만 서로에 대한 분노는 금방 내려놓을 수 있었다. 서로를, 명휘의 죽음을 변수로 보았기에 갈등했는데 이 모든 사건들이 필연이자 운명이라는 사실을 알게 되자 지하인 특유의 불가항력에 순응하는 태도를 되찾을 수 있었다.

벡은 우선 명휘의 데이터를 요구했다. 피비는 당황했다. 모든 시간선에서 그 데이터를 영구적으로 지워버렸기 때문이었다. 하지만 그럼에도 벡은 침착했고 확신에 차 보였다.

"임명휘는 이 시대에선 이상하리만큼 주변과 상호작용이 없는 개체였지만 우리, 아니 당신들 세계에선 중요한 인물이에요. 자식이 있었던 것도 아니니 그의 자손 때문도 아니죠. 임명휘는 그 존재 자체로 후대에 영향을 미쳤어요. 다큐멘터리 부처의 인공지능이 계산한 바로는 그가 사라지고 나서 내가 여기 오지 않았다면 부처가 존재하지 않았을 것이라고 하더군요. 그 말은 곧, 다큐멘터리를 중요하게 여기는 우리의 가치 구조에 임명휘의 존재가 크게 기여했다는 뜻이에요. 그런데 아무 기록도 찾을 수 없는 건 정말 이상하네요."

뮬이 담담하게 사실을 고백했다.

"제 지시로 피비가 기록을 지웠으니 제 잘못이겠네요. 제가 살펴본 바로는 그 개체는 기록하는 일을 유독 좋아하긴 했어요. 그런데 이건 이 시대 많은 인간들이 공유하는 특성이기도 하죠. 대부분 무가치하고 맹목적인 기록이긴 하지만"

"다시 한번 말하지만 당신을 추궁하는 게 아니니까 잘 대답해 줘요. 왜 임명휘를 죽였나요?"

"그 개체는 탐사선을 감지했고 무척 관심을 가졌어요. 피비가 온갖 방법을 동원해 쫓아내려 했지만 먹히지 않았어요. 저는 젠 감독의 연출 방향이 마음에 들지 않았고 그 개체를 젠이 발견하면 작품의 방향을 더 이상 통제할 수 없을 거라고 판단했죠. 젠이 보기 전에 없애야 했어요. 게다가 피비가 인과율 추적기를 돌려본 결과 죽여도 이후 시간선에 영향이 아예 없을 정도로 세상과 교류가 없었고요."

"확실히 흥미롭군. 그런 지상인을 봤다면 완전히 다른 작품이 됐겠지."

젠이 눈을 반짝였다. 명휘가 앞에 있다면 당장이라도 녹화를 시작할 기세였다.

"지상인이 탐사선의 클로킹 기술을 무시한 건 정말 전례가 없는 일이지만 인과율 추적기로 그런 결과가 나온 게 더 신기하네요. 제가 연출자라도 구미가 당길 대상이에요."

벡은 곰곰이 생각하더니 뭔가 알았다는 듯한 표정을 지었다.

"물질 조작기가 있는 방으로 안내해 줘요."

✦

물질 조작기 앞에서 세 명은 각기 다른 모습으로 있었다. 벡은 계획에 대해 아무 설명도 없이 뮬에게 여러 가지를 분주히 요구했고 뮬은 벡의 의도를 궁금해하면서도 순순히 그의 요청에 따라 행동했다. 한편 젠은 이 모든 과정이 흥미로운 듯 안구를 한껏 꺼내 상황을 촬영하고 있었다.

벡은 우선 두 사람이 이번 활동에서 수집한 지상인의 DNA를 요구했다. 뮬은 데이터화한 지상인의 DNA를 조작기에 입력했다. 그리고는 커다란 전자레인지 같은 체임버에 벡이 들어갔다. 물질 조작기는 생체 물질끼리의 합성이 가능했고, 벡은 자신과 지상인의 DNA를 섞을 셈이었다.

계획을 대충 눈치 챈 뮬과 피비는 너무 위험한 일이라며 반대했다. 우선 살아 있는 유기물을 조작기에 넣어본 적이 없었다. 이 일을 끝마치고도 벡이 목숨을 부지할지 보장이 없다는 이야기이기도 했다.

벡은 침착하게 대꾸할 뿐이었다.

"단서를 종합해 본 결과, 이 방법밖에 없어요. 제가 임명휘의 삶을 대체해야 해요."

"무슨 소리예요?"

"인과율 추적기로 임명휘의 죽음을 계산했을 때 아무 변화가 없었다고 했죠? 그건 명휘의 죽음이 변수가 아니라 상수라는 뜻이에요. 그가 그 시점에 죽어야 하는 건 변함이 없어요. 하지만 그가 이때까지 세상에 남긴 족적은 필요해요. 비록 세상에 아무 영향을 못 줬다고 해도 그는 계속 존재해야 해요."

"하지만 그 개체에 대한 정보는 이 시간대에서 모두 다 지워버렸는걸요."

"말했듯이 그의 죽음 이후를 제가 대신 산다는 게 아니에요. 더 과거로 갈 거예요. 임명휘의 나이는 대략 20대 초반이었으니 20년 전으로 가야겠죠. 전 물질 조작기로 지상인 아이가 될 거고, 임명휘 그 자체가 될 거예요. 어차피 제가 온 세상은 곧 사라져요. 이제 여기가 제 세상이에요."

벡은 확신에 차서 이야기했다. 뮬은 어쩐지 벡이 가여웠지만, 다른 수도 마땅치 않은 판국이었다. 뮬은 물질 조작기를 작동해 DNA 합성 절차를 시작했다. 벡은 뒤로 돌았다. 체임버 유리로는 그의 표정이 보이지 않았다.

합성된 결과물이 나오는 체임버에서는 지상인 유체가 나왔다. 세 살 정도 되어 보이는, 곤히 잠든 개체였다. 벡의 요청에 따라 합성된 유기체의 발달 상태를 그 정도로 설정하니 뉴런도 거의 초기화되었다. 벡으로서 가졌던 기억은 가끔 꿈처럼 이 아이의 기억을 맴돌다가 사라질 것이다. 뮬은 어린 지상인을 안고 체임버 밖으로 나왔다. 이제 벡의 지시를 그대로 따르는 일만 남았다.

젠과 뮬은 벡이 이른 대로 탐사선의 시간 좌표와 공간 좌표를 옮겼다. 시간은 20년 전, 장소는 명휘의 기록 속에서 발견한, 그가 자란 고아원이었다. 두 사람은 지상인의 눈을 피해 고아원 건물 앞에 아이를 내려두었다. 뮬은 어린 아이를 유기하는 것이 곧 이 아이의 미래의 삶뿐만 아니라 본인들의 세상의 운명까지 결정한다는 점, 그리고 이 모든 것이 자신이 저지른 살인에서 초래되었다는 점에서 자괴감과 시간에 대한 경외감을 동시에 느낄 수밖에 없었다. 젠 또한 이 현실에 압도되느라 본인이 다큐멘터리 윤리를 얼마나 더 위반할 수 있을지 고민하던 것도 잠시 잊어버렸다.

유아 상태의 명휘로 변화한 벡이 그 시간대에 안착한

이후로 뮬과 젠의 세계는 이로써 붕괴를 면했다. 둘은 본래의 프로젝트 대신 다른 프로젝트를 맡기로 했다. 이건 다큐멘터리 부처를 끈질기게 설득한 결과였다. 그들은 명휘의 삶을 관찰하는 작품을 찍기로 했다. 젠이 가장 먼저 찍었던, 차 안을 들여다보는 명휘를 포착한 영상은 아이러니하게도 시간상으로는 가장 나중이었다.

뮬과 젠에겐 그의 삶을 기록할 책임이 있었다. 그들은 탐사선으로 각기 다른 시기를 오가며 명휘의 수십 년치 삶을 기록한 연작을 발표하기로 했는데, 각 연작마다 공개하기에 알맞은 시간대를 찾기 위해 시간대를 옮겨가며 인과율 추적기를 부지런히 작동했다.

그들이 가장 이른 시기에 공개하기로 한 연작 중 하나는 지하인 사회에서 기록의 중요성을 대두시키고 다큐멘터리 부처를 설립하는 계기가 되었다. 그 작품에서 가장 놀라운 성취라고 할 수 있는 장면은, 명휘가 출근길에 젠과 뮬의 탐사선을 발견하는 장면이었다. 그 부분은 운명의 필연성과 비극성을 효과적으로 포착했다는 극찬을 들었다.

명휘, 아니 벡은 보편과 일반에서 벗어난 인간이었다. 완전한 지하인도 지상인도 아닌 경계의 인간. 명휘는 미지

를 그리워하며 외롭게 살다가 무한히 죽을 것이다. 자신의
먼 세계를 지키는 줄도 모르고.

디어 브리타

브리타, 지난번에 업로드한 데이터는 잘 받았어요. 뷸론 행성의 해양 산맥은 정말 장관이더군요. 관자놀이의 소켓이 얼얼할 지경이었어요.

처음에는 기억과 유전 정보를 나와 공유하는 페어(pair)인 당신을 어떻게 불러야 하는지 고민했어요. 동료들처럼 식별 번호로 부르는 건 왠지 딱딱하게 들리니까요. 우리는 서로의 이름을 지어주느라 꽤 오랜 시간을 할애했죠. 이제야 말하는 거지만 브리타라는 이름은 사실 성간 시대 이전에 만들어진 시트콤의 등장인물에서 따온 거예요. 브리타가 지어준 '은'이라는 이름도 나쁘지 않은 것 같아요. 끝에 머리를 살짝 울리는 니은 발음이 좋거든요. 여기선 아무도 그렇게 불러주지 않는다는 게 아쉽긴 해도요.

편지를 쓰는 게 조금 익숙해지고 있어요. 당신이 편지를 처음 보내왔을 때는 정말 놀랐어요. 규정 위반은 아니었지만 페어들이 서로 메시지를 주고받는 일은 어쨌든 전례가 없었으니까요. 저도 얼마 전까지는 동료들과 마찬가지로 제 페어가 어떤 사람일지 딱히 궁금하지 않았어요. 페어끼리는 주기적으로 기억 데이터를 서로 공유하니까 이미 상대를 알고 있다고 생각했던 걸까요?

기억 데이터에 정서나 감정을 포함시키지 않는 건 용량 때문이라고들 하죠. 그 강렬하고 복잡한 감정을 로데이터(raw data) 화하면 중첩된 기억 데이터가 엮여 정보의 용량이 어마어마해지 겠죠. 그러니 그런 용량들이 영구적으로 뇌에 저장된다면 몸에 큰 무리가 갈 거예요. 그게 좋은 감정이든 나쁜 감정이든요. 전뇌 데이터 기술이 개발되기 전 사람들이 그 야만의 시대를 계속 지 속한 것도, 혹은 버틸 수 있었던 것도 그런 망각의 특성 덕분이겠 죠. 망각의 이로운 점을 말하는 격언도 문화권마다 있었던 걸 보 면요.

감정에 대해 생각하다 보니 이런 생각도 들어요. 우리를 만든 생식인간들이 우리들의 감정을 다소 둔하게 설계했으면서, 감정 의 발현이나 발달 자체는 막지 않은 데는 분명 다른 이유가 있을 것 같다는 생각이요. 성취에 대한 갈망, 모르는 걸 알고 싶다는 호기심을 연료 삼아 연구 성과를 높인다는 표면적인 이유 말고 도, 탐사에 방해가 될 이런 의문들을 왜 계속 떠올리게 두는지에 대한 만족스러운 해답이 될 만한 그런 이유요. 이 메시지도 다 훔쳐보고 있을 게 분명한데 말이죠.

브리타와 편지를 받으면서 확실히 기억은 자아의 구성 요소 중 극히 일부분이란 걸 새삼 느꼈어요. 우린 서로의 기억을 공유 하면서 자랐지만 결국은 다른 사람이잖아요. 오해는 말아요. 전 브리타가 저랑 다른 사람이라서 좋으니까요.

정식 탐사인원이 되기 전, 상황 판단력 테스트 때 브리타는 몇 번이나 과감한 결정을 내려 시뮬레이션 임무를 성공으로 이끌었죠. 그리고 아무도 궁금해하지 않았던 구시대 역사를 호기심 가득한 눈으로 찾아보던 것도 기억나요. 전 브리타가 멋진 사람이라는 사실을 알 수 있었어요. 브리타도 내 말에 동의할 거예요. 저보다 브리타가 훨씬 용감하고 흥미로운 사람이에요. 제 생체식별 주소를 찾아내서 먼저 처음 메시지를 보낸 것도 브리타였으니까요. 저도 브리타를 닮을 수 있다면 좋겠어요. 쑥스러우니까 이만 줄일게요.

브리타가 추천해 준 대로 성간시대 이전 편지 자료를 좀 찾아봤어요. 옛날 편지들을 보면 서론이 길더라고요. 궁금하지도 않은 안부를 묻기도 하고, 요즘 뭘 하고 있는지 같은 중요하지도 않은 정보를 꼭 앞에 늘어놓더라고요. 일종의 형식이었던 것 같아요. 그래서 이번에는 저도 쓸데없는 일상으로 시작할게요. (어차피 오늘치 제 데이터를 다운로드한다면 다 알겠지만요.)

오늘은 유기체 스캐너가 작동을 멈춰서 잠깐 소동이 있었어요. 여기 생물들은 누가 자기를 지켜보는 게 무척 싫은가 봐요. 하긴 누군들 좋아하겠어요? 저도 생식인간들이 멀리 화성 구석에서 우리 탐사인원의 기억을 들여다보고 있다고 상상할 때마다 몸서리쳐지는걸요. 스캐너 고장 덕분에 연구 일정에도 차질이 생길 테죠.

블론 행성에 페어가 있는 다른 동료에게 들었는데 거긴 해저 생물들 때문에 골치라면서요? 1킬로미터짜리 장어가 탐사선을 종종 집어삼킨다 해도, 물이라곤 한 방울도 찾아보기 힘든 이 행성보다는 나을 거예요. 바다까진 바라지도 않아요. 맨눈으로 생물을 볼 수만 있다면 원이 없겠어요.

여기 나룬 행성의 동물은 가시광선의 영역에서 벗어나 있을 뿐만 아니라 어떤 파장으로도 잡히지 않는 영역에 있거든요. 겨우 개발한 유기체 스캐너로 물질 대사의 흔적 정도만 잡은 게 전부죠. 그리고 마치 우리를 놀리듯이 그 흔적은 계속 갱신되고 있으니 멸종하거나 떠난 것도 아니에요.

스캐너를 고장 낸 게 이들인지는 아직 확신할 수 없지만, 그게 맞는다면 이 행성의 생물들은 다들 무척 부끄러움이 많은 것 같아요. 온갖 관측 장비를 써도 아무 단서도 안 주거든요. 개체 수는 얼마나 되는지. 크기는 어느 정도인지, 어떻게 번식하는지, 울음소리와 냄새는 어떤지. 아무것도 몰라요. 단지 거기 있다는 것만 알 뿐이죠.

생식인간들이 이 생물의 겸손함을 조금이라도 닮았다면 우리가 하는 연구도 애초에 필요가 없었을 텐데 하는 생각을 해요. 기록을 보면 과거의 생식인간들이 어찌나 과시적이었는지, 단 한 종족이 생태계 전체를 망칠 수 있다는 사실에도 죄책감 대신 은근한 자부심마저 느꼈던 것 같아요. 사실 아직 거기서 못 벗어난 걸지도요. '적대적 환경에서도 생존할 수 있게끔 유전자 단위로 인간을 재설계한다'는 발상을 보면 알 수 있어요. 그건 우리가 이 먼 곳의 낯설고 이상한 생물들의 생태를 연구하는 이유이기도 하죠. 그러니 이 발상에 의문을 갖는 건 곧 우리 자신의 존재에 의문을 갖는 셈이 되겠네요.

그런데 상이한 환경의 행성에 사는 탐사인원 페어들이 경험을 서로 공유하면서 통찰력과 포용적 사고를 증진한다 하더라도 과연 인공 진화의 돌파구를 찾을 수 있을지는 의문이에요. 유전자 공학 기술이 요 60년 동안 꽤 빨리 발전하긴 했어도, 인류 멸종을 막기 위한 유일한 방법치고는 좀 막막한 걸요. 테라포밍은 지금 기술로는 아무리 빨라도 300년 이상 걸리니 논외고, 망가지기 전의 지구와 비슷한 환경의 행성이 도달 가능한 거리에 없다는 것은 피할 수 없는 멸종의 신호가 아닐까요.

제가 이 일을 즐긴다는 것과는 별개로 생식인간들의 파괴적인 생존 방식이나 현실 회피에는 동의할 수가 없네요. 생식인간의 종교에서 말하는 창조주가 있다면, 현재의 인간들을 어떻게 생각하고 있을지 생각해 봤어요. 인간들은 어쩌면 창조주의 습작이었을지도 몰라요. 지금쯤 창조주는 더 나은 것들을 만들고 있겠죠.

브리타를 알게 된 후 제가 가장 많이 변했다고 느낄 때가 언제인지 알아요? 전에는 숨쉬는 것처럼 자연스럽게 받아들였던 사실들에 의문을 제기할 때예요. 어쩌면 당연하겠죠. 모든 탐사인원이 그렇듯 콜로니 존속과 임무에 필요한 지식을 다운로드받은 채 배정되었으니 저의 호기심은 콜로니 외부 생태계와 생물들을 향할 뿐, 콜로니나 우리의 존재 자체에 관해선 제 생각이란 걸 가질 틈도, 이유도 없었으니까요.

　하지만 왜 생식인간들이 이런 의문을 억누르지 않는지도 의문이에요. 왜 생식인들은 우리를, 수명이 자기네의 4분의 1도 안 되는 유사 인간 유기체를 만든다는 비효율적인 결정을 내렸을까요? 안드로이드가 훨씬 목적 지향적이고 효율적이었을 텐데 말이죠. 설계 단계에서 우리의 감정을 굳이 남긴 것과 같은 이유일까요? 자기네들과 최대한 비슷하게 만드는 것만이 목적이었을까요? 그냥 탐사인원들의 기억 메모리를 한꺼번에 취합하면 될 텐데, 굳이 페어 시스템을 고집하는 이유는요?

답 못할 질문들만 많아지는 밤이네요. 저는 탐사인원 중에 성취도가 높은 편도 아니었는데 이런 의문들이 갑작스럽게 가지를 치기 시작한 걸 보면, 뇌 활동에 변화가 일어난 게 분명해요. 아무래도 탐사인원들의 대뇌피질에 특정한 조건에서만 잠금이 해제되는 락(lock)을 걸어 놓았을 테고, 저는 그 조건을 달성한 거겠죠. 정황상 브리타가 변수네요. 뭘 했는지는 모르겠지만 고마워요.

호기심의 영역이 넓어지니까 이 행성에도 더 정을 붙이게 되었어요. 나룬 행성은 보호 슈트가 없이는 10초도 안 되어서 녹아내릴 정도의 초고온 기후에다 황폐하기 짝이 없는 곳이지만, 두 개의 소형 태양이 지기 직전에 하늘을 바라보면 제가 마치 신화 속의 유배당한 영웅이 된 것 같은 착각마저 들어요. 가끔 브리타도 해저 탐사선 안에서 드넓은 바다를 한참 바라보던데, 그때 무슨 생각을 했나요? (말해주지 않아도 삐치진 않을게요.)

저는 가끔 브리타가 뭔가를 오래 응시할 때의 기억 데이터를 곱씹어 보곤 해요. 브리타의 생각을 유추해 보려 할 때도 있지만, 그냥 거기 저도 있는 것마냥 바라보는 걸 더 좋아해요. 그러면 브리타랑 함께 있는 기분이 들거든요. 그래서 요즘엔 메시지뿐 아니라 브리타의 기억 데이터 업로드도 무척 기다려져요. 오늘 뷸론의 바다는 어땠는지, 뭘 봤는지, 콜로니에선 별일 없었는지. 오늘도 뭔가를 응시했는지.

맞다, 저번에 말한 생물 있잖아요? 다른 탐사인원들과 논의한 끝에 논비잉(non-being)이라고 부르기로 했어요. '존재의 대척점에 있는 존재'라는 의미로요. 다른 이름 후보로는 안틱스(anti-ex)도 있었는데 그건 너무 무좀약 이름 같다며 기각됐죠. 동료들 중에는 논비잉을 만져봤다는 사람도 있던데, 허풍이 분명해요. 그 사람은 매 탐사를 모험담처럼 과장하는 경향이 있거든요. 재미있는 양반이지만 과학자로선 빵점이죠. 이 생물에 대한 가설을 나누던 중에 생식인간들이 수천 년 동안 믿어왔던 천사나 정령도 사실 논비잉같은 생물이 아니었을까 하는 말도 나왔어요.

전 간차원(間次元) 생물이라는 새로운 생물 분류를 만들자는 의견을 냈어요. 우리가 4차원 이상을 인식하지 못하면서 4차원에 갇혀 있는 3차원의 존재라면, 논비잉은 그 이상 차원들을 인식하고 심지어 그 사이를 왕래하는 지성체라는 거죠. 말하자면 원의 형태도, 구의 형태도 취할 수 있는 그런 존재요. 과학 공동체의 일원으로서 어떻게 그런 말을 할 수 있냐고 따질 수도 있겠지만, 안 될 건 없죠.

이름을 붙여줬으니 그게 어떤 차원에 있던 잠깐 고개라도 내밀어 줬으면 좋겠네요. 고개가 있는지도 모르겠지만요.

논비잉 개체와 첫 접촉이 있었어요! 이상하게 들릴지도 모르니 마음의 준비를 하고 들어봐요.

시작은 논비잉이 제 꿈에 나온 거였죠. 동료들과 이 얘기를 하니 저뿐만 아니라 논비잉 탐사를 맡은 다른 동료들 모두의 꿈에 나왔다는 거예요. 그것도 같은 날 밤에요. 더 얘기를 나눠보니 논비잉의 형태는 사람마다 다 달랐대요. 원과 구 비유를 들었던 동료의 꿈에서는 (네. 자백할게요. 그 표현은 제가 떠올린 게 아니었어요.) 사람 크기만 한 구체였다고도 하고, 누구는 끝이 보이지 않을 정도로 거대한 올리브 나무였다고도 하고, 누구는 난생처음 보는 색깔이었다고도 했어요. 그리고 다들 왠지는 몰라도 그것이 논비잉이라고 확신했대요.

제 꿈에선 그건 어떤 공간이었어요. 콜로니 건물에서는 한 번도 본 적이 없는 형태였죠. 반투명하고 부드러운 질감의 벽면을 자세히 들여다보면 기묘한 분자구조 무늬가 끊임없이 움직이는 게 마치 방이 숨을 쉬는 것 같았어요. 낯설었지만 동시에 제 수면 포드만큼 편하게 느껴지기도 했어요. 그 방 자체가 논비잉이었고 저한테 말을 거는 것 같았어요. 다른 생물의 뇌파에 간섭할 정도로 강력한 뇌파를 방출하면서도 감지가 불가능하다니. 다음 꿈에선 제가 논비잉의 말을 알아들을지도 모른다는 생각에 아이러니하게도 흥분되어서 잠이 오지 않아요.

놀라운 소식은 그뿐만이 아니에요. 동료들 사이에서 브리타와 저에 대한 소문이 돌더니, 자신의 페어와 소통하는 사람들이 생기고 있어요. 처음엔 어떻게 페어 간 텍스트 메시지 송수신이 가능한지보다도 페어와 소통한다는 사실 자체에 놀라워하는 반응이었어요. 그러다 페어와 소통하고 싶어 하는 사람들이 점점 늘어났고, 지금은 대부분이 페어와 편지를 주고받는 중이에요.

사실 마음만 먹으면 어렵지 않잖아요? 아무리 생체 식별 주소가 암호화되어 있다곤 하지만 상대의 기억 데이터 속에 온갖 단서가 있고, 상대방의 생체 식별 주소를 알고 싶다는 의사를 기억 메모리 속에 은근히 전달하면 그걸 다운로드한 상대 페어가 응답하면 되는 거죠. (이제 말하는 거지만 늦게 눈치 채서 미안해요.) 그야말로 쌍방의 합의와 약간의 열의만 있으면 가능한 일이지만 다들 그럴 필요를 못 느꼈을 거예요.

우리가 새 정보에 민감하게 반응하는 건 생식인간에게 물려받은 유산이자 저주죠. 전에는 유대감을 쌓을 상대로 같은 기억을 공유하는 행성 간 펜팔보다는 콜로니 동료를 택하는 게 당연했어요. 맨날 보긴 해도 어쨌든 콜로니 동료는 나와 다른 기억을 가진, 다른 사람이라 생각했으니까요. 하지만 다들 페어와 특별한 유대를 쌓고 있는 걸 보니 페어 시스템은 순전히 연구만을 위

우리가 기대하는 멸망들

한 게 아니라는 확신이 들어요.

이 가설을 확인하려면 어떻게든 생식인간들의 반응을 알아야 하는데 아직까지는 아무 소식이 없어서 조금 과감해져 보려 해요. 생식인간들은 속이 좁아 보이긴 해도 생각만큼 깐깐하지 않잖아요. 그들이 우리를 행성으로 보낸 것 말고는 딱히 폭력적인 통제를 가하지 않는 데는 여러 이유가 있겠죠. 우선 탐사인원들이 애초에 고분고분하게 만들어졌다는 게 첫째고, 둘째는 권위적 통제가 그다지 효율적인 모델이 아니라는 점을 과거의 사례로 알고 있기 때문일 거예요. 이 편지를 훔쳐 읽으면서도 부글부글할 텐데 딱히 반응이 없는 걸 보면 알 수 있죠. 어떻게든 실패한 윗세대와 선을 그으려는 것 아닐까요.

그런데 그거 알아요? 아버지를 죽이는 모든 이야기는 보통 결국 아버지가 내내 자신 안에 있었음을 깨닫는 식으로 끝나더라고요.

오늘은 이상한 일이 있었어요. 동료 중 하나의 쉘(shell)이 오늘 폐기됐어요. 콜로니를 감싸는 돔 표면의 패널을 고치러 나갔다가 발을 헛디뎠고, 그대로 미끄러져 떨어지면서 패널 모서리에 찔려 보호 슈트가 뚫리고 말았대요. 손톱만 한 구멍이었지만 열풍이 비집고 들어가기에는 충분했나 봐요. 동료의 쉘은 온몸에 심한 화상을 입고는 임무 속행 불가 판정이 내려졌어요. 쉘 폐기는 별로 이상한 일이 아니죠. 이런 적대적인 환경에서는 일주일에도 몇 번은 있는 일이니까요.

이상한 건 저의 반응이었죠. 소각용 포드에 들어간 동료의 쉘을 보니 처음 느끼는 감정이 밀고 들어왔어요. 이때까지 폐기된 동료는 수없이 봤고, 심지어 저의 쉘도 폐기된 적이 몇 번 있지만 이런 경우는 처음이었어요.

동료는 며칠 뒤에 새 쉘에 상처 하나 없이 사고 이전까지의 전뇌 메모리를 업로드한 채로 돌아오겠죠. 다시 만날 수 있다는 사실을 머리로는 알면서도 소각로가 켜지는 순간 내가 알던 그 친구가 사라졌다는 생각을 지울 수가 없었어요. 그리고 다음에 제 쉘이 폐기되는 순간을 상상하니 한 번도 느껴보지 못한 안타까움과 공포가 밀려왔어요.

모든 기억 데이터와 인격이 유지된다고 해도 새 쉘에 담긴 저는 과연 은이라는 개체가 맞을까요? 데이터 누락이 일어나 브리타를, 브리타가 지어준 이름을 잊지는 않을까요? 그런 생각을 하니 목 아래에서 뜨거운 뭔가가 올라와 눈물이 나오기 시작했어요. 이런 태도는 언젠가 구시대의 작품에서 본 적이 있어요. 생식 인간들이 자신의 연인이나 가족이 죽었다는 소식을 들었을 때

보통 이런 반응이었어요. 많은 동료들이 그런 저를 보고 당황했는데, 더 신기한 건 그중 몇몇이 저와 따라 울기 시작했다는 거예요. 자신들이 왜 우는지도 모르는 눈치였어요.

전에 우리들의 대뇌 기능을 제한하는 락이 걸려 있고, 그걸 해제하는 조건이 있는 것 같다는 얘기를 했었죠? 아마 제 예상대로 페어와의 감정적 교류가 그 조건이었던 것 같아요. 제가 브리타를 만나고 변한 것처럼 다들 변하고 있는 거예요. 성간 시대 이전 이야기들이 왜 그렇게 죽음이라는 테마에 집착했는지 조금 알 것도 같아요. 하나의 쉘로, 하나의 기억으로 영구적인 소멸을 가정하며 산다는 건 어떤 의미일까요.

생각해 보니 브리타의 기억에도 동료의 폐기를 지켜보던 순간이 많이 있었어요. 그리고 그런 날 밤에는 매번 뭔가를 한참 응시하더라고요. 산소 발생 장치가 숨 쉬듯 내뿜는 기체를, 콜로니 바깥 얼음 바다의 수평선을, 일산화탄소 안개가 낀 하늘을. 브리타는 상냥한 사람이니 분명 저보다 더 힘들었겠죠.

함부로 짐작했다면 미안해요. 다만 브리타는 동료들과 대화를 많이 나누는 편이 아니잖아요. 그러니 더욱 브리타를 독점하고 있는 기분이라 괜히 우쭐해졌던 것 같아요.

브리타가 제게 힘이 되어주는 것처럼 저도 언제든지 브리타의 힘이 되고 싶다는 말을 하고 싶었어요. 오늘 들었던 생각들은 무척 슬펐지만, 동료들이 같이 울어준 건 그리 나쁜 경험이 아니었어요. 잠깐이었지만 동료와 함께 우는 그 순간만큼은 영원한 폐기나 망각도 두렵지 않았어요. 더 이상 외롭지도 않고 연결됐다는 느낌이었죠. 저도 브리타의 쓸쓸함을 덜 수 있는 존재로 연결되기를 바라요.

기억 데이터 업데이트가 없어서 걱정했죠? 미안해요. 들었을지도 모르지만 지금 나룬 콜로니에는 큰 변화가 일어나고 있어요. 모든 탐사인원들이 자신의 페어와 편지를 주고받으면서 탐사 임무는 무기한 중지됐어요. '중지됐다'는 표현은 사실 어폐가 있죠. 우리가 관뒀으니까요. 기억 데이터 공유도 더 이상 의무가 아니게 됐어요. 어떤 사람들은 다른 행성의 상황이나 생식인간들의 동향 같이 필요한 정보를 페어들과 교환하기 위해 여전히 사용하고 있지만, 목적이 달라졌어요.

　생식인간들은 분명 지켜보고 있을 텐데 아무런 반응이 없네요. 자신들을 구하지 않기로 한 우리를 원망하고 있을까요? 그렇다면 유감이지만 화성에서 종족의 최후를 맞이하는 것도 썩 나쁘진 않을 거라 믿어요. 인간도 이제는 포기하는 법을 배워야 하잖아요.

논비잉에 대해 더 알아내지 못한 건 아쉽지만, 서로 아는 만큼만, 알았으면 하는 만큼만 알면 되겠죠. 탐사를 중지한 건 우리에게 다른 목표가 생겼기 때문이에요. 다들 서로의 페어를 만나러 갈 생각이거든요. 그래요. 저는 브리타를 만나러 갈 거예요. 이 소식을 직접 전하고 싶어서 기억 데이터를 올리지 않은 것도 있어요. 이제 우리는 콜로니의 자원과 장비를 모으고 입자 프린터로 우주선을 건조하려 해요. 각자 페어가 있는 행성으로 가려면 여러 대가 필요할 거예요.

저는 우선 뷸론행 우주선에 동승할 탐사인원들부터 찾으려고 해요. 준비할 게 많아요. 이제 바빠지겠죠. 곧 만날 날이 무척 기다려져요.

브리타, 연락이 뜸한 나를 용서해요. 안 좋은 소식을 전하기가 두려워서 그랬어요.

우리가 만나려면 시간이 더 있어야 할 것 같네요. 우주선들의 건조는 순조로웠어요. 하지만 뷸론은 여기 나룬 행성과 거리가 아주 멀리 떨어져 있는 편이라, 그런 장거리 여행을 감당할 만한 우주선을 지으려면 입자 프린터의 동력이 많이 소모될 수밖에 없어요. 그런데 심지어 뷸론에 페어가 있는 탐사인원의 수가 많지 않아서 우선순위에서 밀릴 수밖에 없었어요.

결국 우선 다른 행성으로 가려는 탐사인원들의 우주선부터 건조하기로 했고, 물론에 페어가 있는 다른 동료들과 저는 남기로 결정했어요. 최대한 많은 동료들이 페어를 만나길 바랐으니까요. 이기적으로 굴고 싶은 마음도 한구석에 있었지만 브리타였어도 저와 같은 결정을 내렸을 거란 사실을 알아요. 동료들은 각자의 페어를 만난 후 다시 꼭 돌아오겠다는 약속을 마지막으로 남기고 떠났어요. 며칠 동안은 조금 울적했지만 점점 다시 힘을 내보려 해요.

논비잉 연구를 다시 시작했어요. 탐사인원들의 꿈에 한 번 등장했던 게 전부지만 다들 떠나기 전 이미지 데이터를 남기고 갔으니 그걸 토대로 만든 시뮬레이션 공간에 직접 들어가 단서를 찾아보려고요. 메시지를 쓰는 지금도 꿈 공간을 렌더링하는 중이에요. 친구들의 꿈속에 들어가는 건 처음이라 조금 설레기도 하네요. 그 이후로 논비잉은 꿈이든 유기체 스캐너에든 등장하지 않았어요. 마치 페어를 만나러 떠난다는 우리의 계획을 멀찍이서 응원하기라도 하는 것처럼요.

요즘은 잠이 쏟아지듯 와요. 브리타와의 재회가 유예된 상황에 대한 회피 기제일까요, 아님 논비잉이 그런 저를 위로하려 은근히 초대하는 걸까요?

안녕, 브리타.

이제 나룬 콜로니에는 저뿐이에요. 같이 남았던 동료들이 영구적인 폐기를 택했어요. 각자의 페어와 상의해서 정했대요. 어차피 동료들은 수명이 얼마 안 남아서 떠났던 동료들이 돌아온다 하더라도 그때까지 쉘이 제 기능을 하지 못할 거라고 판단한 거예요. 이제 생식인간들에게서 새로운 쉘을 받을 수 없으니까요. 혹시 이후에 쉘을 자체적으로 생산하는 기술을 알아낼지도 모르니 전뇌 메모리를 백업할 생각은 없냐고 물었지만 거절하더군요. 그냥 쉬고 싶대요. 혼자 남을 저를 걱정하긴 했지만 다들 쓸쓸해 보이지는 않았어요. 오히려 먼 여행을 떠나기 전처럼 설레는 표정이었죠. 하지만 저는 조금 더 해볼까 싶어요.

저도 요즘은 쉘을 거의 이용하지 않아요. 하나 남은 쉘의 피로를 줄이기 위함이기도 하지만 쉘 형태로 있을 때면 오롯이 느껴지는, 시간이 흐르는 감각을 피하고 싶어서 고안한 방법이에요. 연구용 데이터 저장용으로 만들어놓은 대용량 양자 드라이브에 제 의식을 옮겨놓는 거죠. 데이터 형태의 동면이랄까요. 동면이라곤 하지만 사실 잠을 자는 상태는 아니에요. 그래서 수면은 꼭 쉘 형태로 하죠. 혹시 논비잉이 또 꿈을 통해 접촉해 올지도 모르니까요.

저는 늘 하나의 몸으로 사는 생식인들의 심정을 궁금해했죠. 그런데 아이러니하게도 지금 저는 생식인들과는 더욱 거리가 먼 존재가 되어버렸어요. 동면할 때 콜로니 전체 관리를 담당하던 연산력을 그대로 저에게 끌어와서 초당 2엑사바이트 수준의 정보를 처리할 수 있게 됐어요. 그런데도 동료들의 꿈속에서는 별 성과가 없어요.

논비잉의 꿈은 다른 꿈들과 마찬가지로 분명 매혹적이지만 그곳은 어떤 논리가 존재하지 않는, 완전한 무작위의 공간이에요. 읽어낼 수 있던 정보는 단 하나. 꿈을 이루는 모든 것들이 꿈 당사자의 노스탤지어와 관계됐다는 거예요. 인큐베이터에서 배양되어 어린 시절이나 고향이 없는 우리는 과연 뭘 그리워하고 있는 걸까요? 노스탤지어는 대상이 없어도 성립 가능할까요?

아무튼 저는 넘치는 연산력을 이용해서 위상 네트워크에 등록된 생식인간에 관한 모든 정보, 그야말로 모든 정보를 훑어보고 있어요. 덕분에 접근이 금지됐던 정보들의 보안도 손쉽게 뚫을 수 있게 됐죠. 쉘로 돌아갔을 때의 제 뇌 용량에는 한계가 있으니 모든 정보를 저장하지는 않아요. 다만 인상적인 정보들을 추려낼 뿐이죠. 이를테면 생식인간들이 실패한 이유는 무엇인지, 그리고 콜로니, 페어 시스템, 우리를 만든 진짜 이유는 무엇인지를 유추할 만한 정보들을요.

읽어주기만을 기다리는 정보로 가득 찬 이 세상은 무척 지치네요. 피로를 느낄 몸이 없다는 사실을 알기에 더 지쳐요. 환통 같은 거겠죠.

브리타, 브리타, 브리타. 브리타라는 말은 이제 제 자의식을 붙잡아 주는 만트라가 됐어요. 자아는 희미해졌지만 성과는 있었어요. 원하던 답을 찾았거든요.

생식인들은 자신들의 멸종을 피할 수 없다는 사실을 알았고, 나중에는 피할 생각도 없었어요. 대신 자신들이 왜 실패했는지를 분석하고 있었어요. 인간은 어떻게 해도 '모든 유기체의 세포 속에 새겨진 명령'을 벗어나지 못한다는 점을 알게 됐어요. 그건 이때까지 인간이 수없이 해온 자기체념적 합리화의 연장이기도 했지만 동시에 냉혹한 현실을 제대로 인식한 결과이기도 했죠.

처음에 인간들은 낯선 것을 두려워하도록 설계된 의식 체계가 모든 문제의 근원이라고 생각했어요. 결론적으로 말하자면 이것도 틀리진 않았어요. '모든 인간은 평등하다'는 간단한 명제조차도, 종 차원에서 완벽한 합의에 이르는 데에 너무 오랜 시간이 걸릴 정도였으니까요.

그 후 인간들은 '우리가 모두 동등하게 고귀하다면 다른 지성이 있는 동물은, 지성이 없는 동물은, 식물은, 어떤 유기체는 인간이 착취해도 되는 대상인가?'라는 의문으로 인식을 확장할 때마다 기술이 그 간격을 채우길 원했고 어느 정도는 성공했죠. 탄소 발자국을 남기지 않지만 에너지 효율은 더 높은 에너지원을, 고기맛을 재현한 배양육을, 부작용과 중독 없는 쾌락 유발 화합물을 만들어냈어요. 하지만 보다 더 근원적인 문제는 사라지지 않았죠.

양자 시뮬레이션을 통해 가능한 인류의 미래를 모두 산출한 결과, 인간은 언제나 팽창, 확장하고 결국 우주를 넘어, 다중우주의 모든 것들을 소진하는 존재였어요. 마치 블랙홀처럼. 유기체가 유전자를 보존하고 복제하려 하는 게 죄는 아니죠. 하지만 인간은 자신이 만든 장난감을 끝까지 포기할 수 없었어요. 윤리의식 체계를 어찌어찌 어렵게 개편해 지속 가능한 규모로 인구와 생태계를 유지한다고 하더라도 두 세대가 지나면 다시 그걸 잊고, '더 많이, 더 빨리, 더 멀리'의 세계로 회귀했어요.

욕망을 억제하려는 시도는 언제나 고대의 폭군을 그리워하는 인간들을 낳았고 그다음에는 다시 자유를 갈망하는 인간들이 생겨났죠. 뫼비우스의 띠처럼 끝나지 않았어요. 인간은 결국 윤리와 기술이 욕망의 팽창 속도를 결코 따라잡지 못한다는 사실을 인정할 수밖에 없었어요. 그게 편리하고픈 욕망이든, 지속 가능한 세상을 만들고 싶은 욕망이든, 남들 위에 군림하고 싶은 욕망이든요.

마지막으로 남은 인류는 더 이상 '규모의 확장'이 아닌, 대안을 보고 싶어 했어요. 자의식 과잉 종족의 최후답죠.

애초에 인간이 여기까지 올 수 있었던 건 순전히 인간의 욕구 덕분이었어요. 다시 말하면 애착에 대한 강한 욕구죠. 인간은 애착이 동기가 될 때 그 과정이 얼마나 비이성적이든, 비효율적이든 이뤄내고야 말아요. 그들은 사랑하는 대상을 위해 물불 가리지 않는 태도를 칭송해 왔어요. 하지만 이 가치 구조가 담고 있는 추력이 너무 강력하기 때문에 애착을 증명하는 과정에서 수많은 폭력을 정당화했죠. 애착의 대상이 공동체일 때가 가장 위험했어요. 낙오되는 개체 수를 줄이기 위해 만든 허구의 시스템을 실재보다 더 중요하게 여기자, 가상의 내집단에서 낙오자를 솎아내는 아이러니가 프랙털 무늬처럼 끝없이 반복됐어요.

그러니까 강력한 애착은 곧 인간의 정언명령이자 자원이었어요. 그리고 이제까지 인간 대부분의 문제는 자원의 분배에 관련한 거였죠. 생식인들은 모든 문제가 애착 자원이 동등하게 분배될 수 없는 인간 의식의 한계 때문이라 보고, 이를 극복하기 위해서 '모든 개체가 서로 동등하고 비배타적인, 그러면서도 여전히 강렬한 애착을 형성해야 한다'는 아주 단순한 결론을 내렸죠. 그러기 위해서는 개체 수가 한정되어야 하는데 이건 단순히 적은 인구 수를 유지하는 걸로는 실현이 불가능했어요.

모든 유기체가 그렇듯 개체 수는 자연스럽게 다시 늘 테고, 세대가 지날수록 수정된 가치 체계는 희미해질 테니까요. 그래서 생식인 최후 시대의 학자들은 세포가 복제 분열하는 유기체의 논리를 역으로 뒤집어서, 물리적 개체의 완전한 합일을 상상하게 됐어요. 내 종족, 내 국가, 내 민족, 내 혈족, '나'를 넘어선 정신체 사이의 애착과 통합.

그건 이제까지 인간을 구성하는 많은 것들을 포기해야 한다는 의미였죠. 우리의 대뇌 활동에 제약을 걸고 이를 해제하게 한 건, 생식인간 본인들은 자신의 락을 해제하지 못했기 때문이었어요. 즉, 의식의 다음 단계로 가는 길목에 있는 잠금장치 말이에요. 인간들은 다음 세상으로 가기엔 기존의 세상을 너무 사랑했어요.

우리는 아마 쉽게 자신을 포기해 버린 생식인간의 빈곤한 상상력이 만들어낸 결과물일지도 모르죠. 생식인간들의 논리에는 빈 구석이 많아요. 그들은 단지 시간이 더 있었다면 어땠을지 보고 싶었던 걸지도요. 아이가 모래 장난을 하듯 인간을 닮은 우리를 만들고, 인간 사회를 닮은 콜로니를 만들고, 멀리 떨어진 짝꿍을 만들고 서로를 몹시 그리워하게 만들었죠.

제가 왜 브리타를 그렇게 만나고 싶었는지 이제 이해가 가지만, 진실하고 소중하다고 생각했던 것이 남이 개입한, 의도적인 결과라는 게 조금 분하네요. 그치만 곧 멸망할 종족에게 분노를 쏟을 필요는 없죠. 브리타를 만나러 가겠다는 결심이나, 생식인간들을 구하지 않기로 한 결정 모두 제 선택인 건 변함이 없으니까요.

호기심도 생겼고요. 다음 단계로 간 우리들이, 탐사인원들이 서로의 페어를 만난다면, 우리가 서로 만난다면, 그러면 그때 우리의 세상은 어떤 모습이 될까요.

나룬 콜로니의 소식을 듣고 난 후, 뷸론 콜로니의 상황도 비슷하게 흘러갔다. 탐사 임무는 중지되었고 어떤 탐사인원은 각자 페어와 연락하며 우주선을 건조해 떠나기로 했다. 남은 소수의 인원들은 아예 거기서 생을 마치기로 결정했거나, 다른 콜로니에서 오기로 한 페어를 기다렸다.

브리타는 후자였다. 남은 사람들이 하나둘씩 영구 폐기될 때까지도 은의 우주선은 오지 않았다. 그는 은의 마지막 메시지를 수신하지 못했다. 뷸론 행성이 위치한 은하의 태양에서 발생한 플레어의 영향으로 뷸론 행성의 위상 네트워크 연결 접속이 끊긴 탓이었다.

브리타는 나룬 행성으로 가기로 했고, 직접 우주선을 건조했다. 그는 꼼꼼한 기술자였으나 콜로니의 자원과 구조물의 잔해만으로는 우주선을 건조하기가 어려웠다. 뷸론 행성의 지층을 스캔한 결과, 맨틀 외부 쪽에 차원 도약 우주선 외골격에 쓰이는 재료와 유사한 원소 구성을 지닌 광물이 액화된 채로 끓고 있었다.

뷸론 행성의 탐사인력이 그동안 광물을 채취하지 않은 이유가 있었다. 지층을 겹겹이 뚫어 파이프를 밀어 넣는 것만 해도 뷸론 행성 주기로 십수 년의 시간이 걸리는 작업이었고, 잘못된 지층을 건드렸다가는 필요하지 않은 다른 광물이 섞여 모든 것이 물거품이 될 수도 있었다. 게다가 애초에 뷸론 행성의 내부는 메탄가스로 가득 차 있었다. 시추 드릴이 만들어내는 스파크가 가연성 높은 가스 지층을 건드린다면 연쇄폭발이 일어날 테고, 그게 천공기의 반물질 배터리 부분까지 다다른다면 이 크지 않은 행성의 반은 형체도 없이 소멸할 게 분명했다.

무엇보다 광물을 채취하기 위한 천공기도 직접 만들어야 했다. 비효율적이기 짝이 없는 작업이었다. 고철을 모아 수년간 2킬로미터 높이에 달하는 드릴과 천공기를 만들고, 다시 수년간 420킬로미터까지 파서 채굴한 자원으로 만들려고 하는 것이 고작 1인용 우주선이라니. 모든 게 이례적이었다. 동료들이 있었다면 분명히 말렸을 일이었다. 하지만 브리타 또한 이례적인 개체였다. 그는 자신이 바라보기로 한 것에서 쉬이 시선을 거두지 않았다.

브리타의 곧은 정신력과 달리 쉘의 피로감은 숨길 수 없었다. 쉘은 급격히 기능을 잃어가고 있었다. 그렇기에 그는 우선 자신의 쉘을 수면 포드에 눕혀 급속 냉동했다. 쉘을 이루는 세포의 노화를 유예하기 위함이었다. 브리타의 쉘은 우주선을 타기 전까지 최대한 휴식을 취해야 했다. 대신 그는 각종 산업용 로봇에 의식을 업로드해 우주선 건조를 위한 작업을 시작하기로 했다. 그들은 이미 쉘이 못 들어가는 심해 지역을 탐사할 때 스캐너에 의식 데이터를 잠시 업로드해 즉각적으로 상황에 대응하곤 했었지만, 여러 대에 동시에 업로드하는 건 규정상 금지되어 있었다.

창조주의 의도를 추측해 보는 건 탐사인원들의 몇 안 되는 유희 중 하나였다. 그건 마치 성간시대 이전 인간들이 아무 해도 끼치지 못하는 동물의 생태를 궁금해했던 것과 비슷했다. 브리타는 다중 의식 업로드가 금지된 이유가 무엇일지를 두고 동료들과 길고 무용한 토론을 나눴었다. 그들은 생식인간들의 상상력 부족에서 기인한 공포심이 원인일 것이라고 잠정적으로 결론 내렸다.

브리타는 얼음 지층을 부수고 옮기는 작업을 하는 채굴용 장비들과, 동시에 우주선 건조를 위한 재료를 수급하기 위한 건설용 기계에 의식을 업로드했다. 콜로니 정착 시 구조물을 세운 기계들이 이제는 콜로니를 허물고 있었다. 보호하는 커다란 돔을 허물고 브리타의 쉘이 있는 건물만을 감싸게끔 다시 세웠고, 남은 잔해들로 파이프와 지층을 뚫을 거대한 천공기와 드릴을 제작했다. 이를 완성하는 데만 수년이 걸렸으므로 단단한 지층에 다다르기 전까지는 이미 있는 채굴용 장비들로 비교적 부드러운 지표면의 얼음과 토양을 긁어내는 작업을 동시에 진행했다.

산업용 로봇에는 감각 기관이 없었기에 금속과 얼음이 마찰하는 소음과 진동을 느낄 리가 없었지만 브리타는 마치 자신의 맨손으로 언 땅을 파내는 것 같았다. 그는 수십 대의 쇳덩이에 의식을 의탁하면서 행성 내핵에 은이 기다리고 있기라도 한 듯 모든 반복적이고 분주한 노동에 간절함을 실었다. 기체에 달린 착암기와 버킷으로 언 토양을 부수고 움켜쥐며 그는 전송하지 못한 메시지에 적은 말을 차곡차곡 복기했다. 구덩이가 깊어질수록 은을 만날 수 있다는 희망도 조금씩 선명해졌지만, 지치지 않는 여러 개의 몸으로 수년 동안 살고 나니 오히려 자의식이 희미해졌다.

브리타는 다중 의식이나 의식 복제를 금지한 이유를 그제서야 이해하기 시작했다. 생식인간들이 아무리 인류의 한계를 넘어서는 무언가를 만들고 싶었다고는 하지만 '여러 개의 몸을 통제하는 하나의 의지'라는 개념은 그들 관점에서는 무리였다. 그들의 관심사는 어떻게 하면 물리적인 개체 수를 줄일지였지, 이미 너무나 과잉인 자아들을 더 늘리는 건 애초에 고려 대상이 아니었다.

그럴 때마다 브리타는 다시 자신의 쉘로 돌아와 은이 이때까지 보낸 편지들을 읽었다. 그건 삶을 지속하기 위해 영양분을 공급하는, 일종의 식사였다. 편지를 다 읽고 난 후에 그는 꼭 작아진 콜로니 반경을 몇 바퀴 걸었다. 방호복으로도 막지 못하는 추위를 굳이 수년마다 느끼는 건 유기체로서의 자신을 잊지 않기 위해서였다.

이 일련의 제의는 늘 돔 바깥의 얼음 바다를 바라보는 것으로 마무리되었다. 누구에게나 공평하게 온기를 허락하지 않는 얼음 바다. 얼어버린 거대한 파도가 산맥을 이뤘고 윤슬이라곤 전혀 찾아볼 수 없었다. 뷸론 행성의 엄혹한 풍경은 은이 좋아하던 기억이었다. 브리타는 은에게 답장이라도 하는 마음으로 풍경을 천천히 감각했다.

노동과 제의의 반복이 세 자릿수가 되어갈 때쯤, 브리타는 필요한 광물을 모두 지상으로 끌어올릴 수 있었다. 그는 인지하지 못했지만 이것은 인류 문명이 저지른 마지막 착취였다. 나룬 콜로니에 은이 있을지는 모르는 일이었지만 그건 더 이상 상관없었다. 브리타에게는 강력한 관성이 작용하고 있었다. 그는 마침내 추출한 광물 재료를 입자 프린터에 넣어 우주선을 건조하기 시작했다. 열악한 기술과 부족한 자원으로 만들어낸 우주선이라 내구도는 약했다. 게다가 공간 도약 연료도 충분하지 않았기에 한 번의 점프만이 가능한, 작고 위태로운 포드형 우주선이 완성되었다.

우주선에 오르기 전 브리타는 쉘에 의식을 완전히 업로드했다. 격무에 시달리던 기계들에게도 안식의 시간이 찾아왔다. 채굴 로봇들과 시추기계에 흩뿌려진 의식을 회수하며 그는 지치지 않고 소진해 간 쇳덩이들에게 측은함과 감사함을 동시에 느꼈다. 브리타의 쉘은 이미 폐기 시점이 지난 상태였다. 어느 정도 자체 수복 기능이 있는 쉘의 나노세포는 수명을 다해 형태만 간신히 유지하고 있었다. 하지만 그를 폐기할 것들 또한 아무것도 남지 않았다. 생식 인간이 보내온 쉘 수거용 우주선도, 관리용 인력도 더 이상 없었다. 절대영도보다 조금 따뜻할 뿐인 행성에서 브리타는 은이 있는 곳에 도달하겠다는 생각만을 동력으로 움직이고 있었다.

브리타는 뷸론 행성의 약한 중력조차 견디기 힘들어하는 지경에 이르렀다. 우주선이 뷸론 행성의 대기권을 돌파하면서 가해지는 중력에 브리타의 쉘은 다시 한번 비명을 질렀지만, 브리타는 그 정도 고통은 견딜 필요도 없었다. 은에게로 가는 길에 브리타가 느끼는 모든 감각은 환희였다.

대기권을 지나 마침내 공간 도약을 할 수 있는 궤도에 오르자, 그는 점프 버튼을 누르기 전 숨을 고르고 수십 년간 해왔던 것처럼 공허를 응시했다. 그건 어떤 대상에 대한 그리움이라기보단 약속이나 다짐에 가까운 응시였다. 당연한 일이었지만 그는 다시 돌아오지 않을 생각이었다. 그는 버튼을 눌렀다.

급조한 우주선에는 자동 항법 장치가 없었기 때문에 브리타는 직접 위치 좌표를 계산해 입력해야 했다. 조금의 실수라도 있다면 우주선이 점프 중에 갈려 나갔을 것이다. 그러나 브리타는 우주선이 나룬 행성 궤도에 돌입할 때까지 버티지 못할 것이라는 사실도 이미 예측하고 있을 정도로 신중하고 정확한 사람이었다. 나룬 행성을 육안으로 확인한 브리타는 우주선이 나룬 행성의 궤도에 들어가기 직전에 수면 포드를 개조해 만든 비상탈출 포드에 몸을 실었다.

우주선은 궤도 진입 때 마찰열에 부서졌고 포드가 행성 표면을 향해 발사되었다. 탈출용 포드의 외벽은 여느 행성 굴착기만큼 단단했고, 안에서는 나노실리콘이 신체에 가해지는 충격을 흘려보내기 위해 부지런히 위치를 옮기며 진동하고 있었다. 펼쳐진 낙하산이 포드의 가속력을 줄여주었지만, 여전히 빠른 속도였기 때문에 콜로니에서 몇 킬로미터 떨어진 곳에 착지했을 때 작지 않은 크레이터를 만들었다.

달궈진 포드 안에서 보호복을 입은 브리타가 나왔다. 나룬 콜로니가 육안으로 보이는 거리였다. 가벼운 뇌진탕을 느꼈음에도 브리타는 서둘러 발걸음을 옮겼다.

브리타는 콜로니 돔 외벽에 도착했다. 그는 은이 업로드한 기억 덕분에 탐사를 마치고 콜로니로 돌아올 때 사용하는 입구가 어디인지를 알고 있었다. 손바닥을 돔 외벽에 대자 사람 한 명이 딱 들어갈 만한 문이 열렸다. 브리타에게 이곳은 한 번도 와보지 않았지만 동시에 집 같은 곳이었다. 콜로니 내에는 멀쩡한 구조물이 별로 없었지만 그건 우려했던 운석의 충돌 때문이 아니라 인공적인 해체의 흔적이라는 사실을 브리타는 단번에 알 수 있었다.

그는 나룬 콜로니의 상황이 자신이 떠나온 뷸론 콜로니와 비슷한 것을 보고 양가적인 감정을 동시에 느꼈다. 콜로니에 문제가 생긴 게 아니라 여기 탐사인원들도 우주선을 성공적으로 건조했다는 안도감, 그리고 은도 떠났을지 모른다는 불안감.

브리타는 그중 유일하게 제 모습을 갖추고 있는 건물을 찾아 들어갔다. 은이 수면 포드 안에서 잠을 자고 있었다. 브리타는 언젠가 성간 시대 이전 코덱스에서 읽은 도플갱어에 관한 이야기를 떠올렸다. 자신과 똑같이 생긴 사람을 만나면 죽는다는 미신이었다. 절묘하게도 브리타 또한 당장 죽어도 좋다고 생각했다. 그는 곤히 자고 있는 자신의 도플

갱어를 쳐다보며 한 번도 지어보지 못한 표정을 지었다.

브리타는 포드를 열고 은을 깨웠다. 은이 눈을 뜨고 둘은 비슷한 표정을 지었다. 둘은 서로 껴안고 자신이 아는 모든 사람이 죽은 것처럼, 그리고 동시에 자신이 아는 모든 사람을 구한 것처럼 울었다. 각자의 턱이 서로의 어깨 위에 걸쳐져 있는 동안 느껴지는 심장 박동, 숨소리, 체온이 상대와 동일해지기 시작했다. 그건 일종의 동기화 과정이었다. 둘의 쉘이 점점 액화되면서 들러붙었다. 둘은 하나의 개체가 되어갔다.

융합은 탐사인원이 도착한 다른 콜로니 곳곳에서도 일어나고 있었다. 페어끼리 융합이 모두 끝나면 물리적인 실체는 완전히 사라졌다. 엔트로피가 역전된 건 아니었다. 이건 시간 차원에서 처음 관측되는 일이긴 했지만 필연적이었다. 이례적인 것은 아무것도 없었다.

단지 그는, 혹은 그들은 은이 논비잉이라 부르는 존재이며, 존재였고, 존재일 것이다. 어디에나 있고 어디에도 없으며, 은이기도 했고 브리타이기도 했던 존재. 무엇이든 될 수 있으나 아무것도 소진하지 않는. 무한히 귀결되며 동시에 모든 가능성을 품은.

배부른 소리

"바로 일 시작할 수 있죠?"

인사과장이라는 직함을 단 사람이 자리에서 일어나며 말했다. 난 여자를 따라가며 구역질처럼 올라오는 의문들을 삼키려 노력했다. 왜 면접이 끝나자마자 일을 해야 하는지, 여자를 따라갈수록 강해지는 이 악취는 무엇인지. 과장이 걸음을 멈추고 거대한 방의 문을 열자 더 진한 악취가 안에서 풍겨왔다.

거대한 방에 도착하고 나서 기백 명의 텔레마케터들이 입고 있는 불룩한 바지를 보고 냄새의 정체를 알게 되었다. 그들은 텔레마케터 대신 '뉴트리션 서포터'라는 이름을 선호했다. 그들은 바지 안에 기저귀를 찬 채 쉴 새 없이 수화기에다가 영양제의 놀라운 효능에 대해 떠들고 있었다. 병원에 있던 때가 떠올랐다.

엄마가 대장암으로 죽기 전 반년 동안은 기저귀를 찼다. 엄마는 우리 자매가 기저귀를 갈아주는 걸 못 견디겠는지 변의가 올 때마다 가족 대신 전문 간병인을 불러달라 고집부렸다. 항암 치료를 시작하고 얼마 지나지 않아, 약의 부작용으로 엄마의 변은 갈수록 묽어졌다. 엄마가 기저귀를 하지 않았을 때 흘러나온 설사를 언니와 내가 치운 적이 있었다. 그때 엄마는 버럭 소리를 지르고 말았다. 아마 어찌할 바를 몰랐고, 수치심과 죄책감에서 나온 행동이었을 거라고 짐작하지만, 엄마의 가장 취약한 모습을 목격하고 말았다는 당혹감은 우리 자매를 오랫동안 괴롭혔다.

그 후에 엄마가 이제부터는 새로 고용한 전문 간병인에 게 기저귀를 갈아달라고 하겠다고 말했을 때, 우리 셋은 혀를 차면서도 안도하는 눈빛을 하고 있었다. 그 눈빛을 서로에게 읽어내면서 아무도 그걸 입 밖으로 말하지 않았 다는 사실에 처참한 기분이 들었다. 언니와 나는 엄마 앞 에서 공범이었다.

엄마의 장례식에 아빠는 화환을 보냈다. 그는 오래 전 헤어진 배우자의 죽음을 마주할 용기가 없었다. 그는 늘 용기가 부족했다. 나는 화환에 적힌 모든 이름을 도려내고 싶은 충동을 억눌러야 했다.

찡그린 내 표정을 보고는 과장이 치약을 건넸다.

"코 밑에 발라요. 나중에는 어차피 필요 없겠지만 그래 도 처음에는 도움 돼요."

이런 세상이었다면 엄마는 덜 창피했을까? 다른 무언가 를 탓하고 싶었다.

우리가 기대하는 멸망들

얼마 전 애인과 이별한 언니는 몸보다는 마음이 더 망가졌다. 언니는 그를 자상한 사람이라고 했지만 그가 언니에게 해를 끼치고 있다는 점은 언니의 상태를 보면 알 수 있었다. 수동 공격성을 의인화한 것 같은 남자였다. 그가 언니와 헤어질 때 한 말은 언니의 정신에 영구적인 상흔을 남겼다.

"난 네가 더 부지런한 사람이 됐으면 좋겠어. 건강을 위해서라도."

언니는 전혀 게으른 사람이 아니었지만 평생 마른 몸을 갈망한 언니에게 그 말은 치명적이었다. 3개월을 기다려서 약을 손에 쥐었을 때 언니의 표정은 수년 동안 신에게 기도를 드리다가 마침내 응답을 얻은 신자의 얼굴이었다. 자신의 식욕과 체형을 저주하던 언니에게 '이너프'는 그야말로 구원자였다.

그 약이 처음부터 그런 이름은 아니었다. 어느 해초에서 유래한 이름이었다. 엔노니아 퓨지폼(Enonia Fusiforme)은 심해에서 발견된 해조류로 학계에는 처음 보고되는 종이었다. 생물학자들은 이 해초가 외부에 섭취 가능한 플랑크톤이 있을 때는 대사가 폭발적으로 활성화되어 세포의 영양소 저장량을 증가시키고, 그렇지 않을 때는 세포를 유사 동면 상태로 만든다는 사실을 알아냈다. 하지만 엔노니아 퓨지폼의 남다른 생존력은 이 때문만이 아니었다. 영양소가 부족한 상황이 지속될 경우, 이 식물은 자신의 줄기나 이파리 일부를 괴사, 분리시키고 이를 즉시 다시 영양분으로 삼을 수 있었다. 과학자들은 이러한 작용을 하는 물질을 추출해 내고 해초의 앞 글자와 이를 발견한 날짜를 따서 'ENF14'라는 게으른 이름을 붙였다.

약을 복용하고 나서 언니는 2주 동안은 물과 이온음료, 미량의 소금 정도만 섭취했다. 아이러니하게도 약의 즉각적이고 가시적인 효과 때문에 언니는 더욱 용법을 따르지 않았다. 온몸의 지방이 눈에 띄게 사라지자 언니는 뛸 듯이 기뻐했지만 실제로 뛰지는 못했다. 근육량이 줄어서 서있는 것도 힘겨웠기 때문이다. 언니는 행복한 나뭇가지 같았다. 언니를 포함해서 평생 자신의 몸을 혐오하며 살아온 복용자들이 느꼈을 감개무량함이란, ENF14의 효능을 처음 발견한 학자들이 느꼈을 감탄과 비슷했을 것이다.

ENF14가 포유류의 뇌 시상하부에도 같은 방식으로 작용한다는 실험 결과가 나온 후, 시장 가능성을 감지한 거대 제약회사들은 너도 나도 거금을 투입해 이를 상품화하려 했지만 모두 실패로 돌아갔다. 그러다가 '베이클'이라는 중소화학기업이 우연히 ENF14 합성과 임상 실험에 성공하면서 국면이 변했다. 임상 실험은 ENF14가 인간 뇌의 섭취중추와 만복중추를 일시적으로 마비시키고 대사를 촉진시켜 결과적으로 체내 지방을 실시간으로 태운다는 사실을 증명해 냈다. 처음 시장의 반응은 냉담했다. 베이클은 ENF14를 '대사조절제'라고 홍보했지만 대부분의 사람들은 흔한 식욕감퇴제를 어려운 말로 포장한 것에 불과하다고 여겼다.

ENF14의 진정한 효용이 밝혀지기 전까지 두 번의 죽음이 있었다. 약의 출시 직후 인터넷 커뮤니티를 중심으로 미라 같은 모습을 한 거식증 환자의 시신이 담긴 사진이 돌았다. 사진 속 시신 옆의 문이 열린 냉장고 안은 온갖 식료품으로 가득 차 있었다. 이는 식사를 '깜빡'해서 죽었다는 어처구니없는 상황을 암시하고 있었다. 이 사진 자체는 시시한 인터넷 유머 정도로 소비되었다.

그리고 얼마 지나지 않아 한 복서가 계체량을 앞두고 갑자기 사망하는 사건이 있었다. 무리한 체급 감량으로 인한 저혈당 쇼크가 사인이었다. 선수의 부검 결과가 담긴 문서가 인터넷 언론을 통해 무단으로 공개되었다. 선수가 평소 ENF14를 꾸준히 복용했다는 것, 그리고 예의 그 사진 속 아사한 시신의 사인 또한 같은 약 때문이라는 낭설이 섞여서 약의 효능에 대한 입소문이 걷잡을 수 없이 퍼지기 시작했다.

사람들은 ENF14의 의미가 '이너프(Enough) 식사(식사는 이미 충분하다)'라는 해석을 얹으며 베이클 마케팅팀의 일을 덜어주었다. 베이클은 제품의 이름을 '이너프(ENOF)'라고 바꿔 출시해 용법에 따라서만 복용하면 위험하지 않다는 말로 매끄럽게 홍보를 이어나갔다. 사람들에게 이미 이너프는 전에 없는 효능을 가진 소화제이자 동시에 완벽한 식욕제거제로 자리 잡았다.

언니의 눈에 이너프가 들어온 것도 그즈음이었을 것이다. 다이어트 정보를 나누는 익명 채팅방은 정보 공유를 가장한 각종 다이어트 제품의 홍보의 장이었다. 채팅방은 자신의 실제 체형이나 운동 사진 인증으로 기업 소속의 세일즈맨들을 거르려 했지만, 그런 요식행위에 불과한 장치는 기업의 침투를 막기에는 역부족이었다. 언니가 본 그 정보가 실제로 효과를 본 사람의 후기였는지, 세일즈맨의 광고였는지는 모른다. 사실 그런 건 하나도 중요하지 않았다.

우리가 기대하는 멸망들

이너프가 다른 제품과 달랐던 것은, 약을 복용하면 정말로 살이 빠진다는 점이었다. 그 효과만큼은 사실이었고, 그 사실이 언니를 이 지경으로 만들었다. 언니는 원했던 몸을 얻었지만 우습게도 몸에 대한 통제권은 거의 잃어버렸다. 언니가 하루 종일 하는 일이라고는 누워서 멍하니 스크린을 보는 게 전부였다. 가끔 언니는 거울을 보며 지방이 빠져나가는 속도를 따라잡지 못해 축 처진 자신의 살가죽을 만지작거렸다. 언니는 언젠가 그게 마치 자신의 원죄인 것처럼 중얼거렸다.

"나는 죽어도 여기서 못 벗어날지도 몰라."

이런 상황임에도 아빠의 가장 큰 근심은 언니가 아니었다. 그는 자신이 야기하지 않았다고 여기는 모든 문제(이를테면 병들어서 죽은 전 아내라든지)에서 도망칠 줄 아는 남자라 늘 건강한 정신을 지닐 수 있었다. 하지만 그런 아빠조차도 이너프의 영향에서 자유로울 수는 없었다.

점심 직장인 손님이 대부분인 백반집을 운영하던 아빠는 손님이 줄어 가게를 닫아야 하는 처지가 되었다. '끼니를 때우다'라는 말이 사어가 될지도 모른다는 아나운서의 멘트는 호들갑이 아니었다. 대부분의 사람들에게 제육볶음이나 된장찌개는 사흘에 한 번 먹는 소중한 끼니를 할애

할 만한 음식이 아니었으니까. 끼니를 때우려 식당을 찾는 사람들은 이제 더 이상 찾아 볼 수 없었다. 바로 옆 골목에 있는 무제한 샤브샤브 집은 손님이 있었지만 사정은 마찬가지였다. 같은 값을 지불하는데 사람들이 먹는 양은 세 배로 증가했고, 손님의 수는 급격하게 줄었다.

요식업계에서 유일하게 호황인 건 파인 다이닝을 표방하는 식당들뿐이었다. 아빠의 식당 자리는 하루에 열 명만 받는다는 프랜차이즈 오마카세 초밥집으로 대체되었다. 소위 말하는 '밥집'은 거의 살아남지 못했다. 번화가 건물들의 식당들은 세입자를 찾는 빈 공간으로 변했다. 아빠는 샤브샤브집 사장 아저씨와 전국의 창업박람회를 다닌다는 소식을 마지막으로 연락이 끊겼다.

엄마 일 이후로 나는 극단 생활을 하느라 집에서는 잠만 자는 신세였다. 학부 때도 없었던 연기에 대한 열정이 다시 살아난 건 아니었다. 끊임없이 입에 음식을 욱여넣고 다음 날 자괴하는 언니를 마주하기 힘들었고, 자기 연민을 멈추지 못하는 아빠도 더 이상 보기 싫었다. 언니의 동생과 아빠의 딸로 사는 건 주연급의 두 배역을 동시에 맡는 것이나 다름없었다.

무대에 오르고 싶다는 생각을 한 것도 아마 그 때문이

었을 것이다. 다른 사람을 흉내 내는 것은 일상을 사는 것보다 훨씬 쉬웠다. 관객이 많은 날은 객석이 다섯 자리 정도 찼지만 좌절감이 든 적은 없었다. 소극장 부조리극이 오래 볼 만한 구경거리가 아니라는 사실을 모르지도 않았다. 그러나 아무리 현실과 논리의 세계가 지겹다고 해도 지금은 외젠 이오네스코 연극 대사나 읊고 있을 때가 아니었다. 아빠가 집을 나간 후에 나는 혼자 남은 언니를 간병해야 했다.

누군가의 생명의 마지막 보루가 나 혼자라는 점에서 엄마를 간병할 때와는 상황이 달랐다. 병에 져버린 엄마를, 도망친 아빠를, 자기 몸을 학대하는 언니를 원망하고 싶었지만 그건 나의 일이 아니었다. 나의 차례는 아직 오지 않았다. 누군가를 원망하려면 나는 우선 나의 책임을 다해야 했다.

나는 자기 연민에 빠지지 않으려 마음을 다잡았다. 그건 내가 유일하게 잘하는 일이었다. 연극 무대를 마치고 나서의 해방감을 상상하면 가능했다. 그렇기에 나는 이 상황이 거대한 무대라고 생각하기를 좋아했다. 그러면 이 모든 현실과 불가항력을, 수많은 사람의 노력으로 생명력과 핍진성을 획득한 무대장치이자 정교한 각본이라고 느낄 수 있었다.

이너프 남용의 부작용으로 언니는 배변을 조절할 수 없어져서 엄마를 간병할 때 잔뜩 사났던 남은 기저귀를 꺼내야 했다. 언니는 약을 숨기면 자해를 했고, 내가 가져다 준 음식들은 입에 대지 않았다. 사흘에 한 번 휴대폰에서 알람이 울릴 때마다 묽은 죽 반 그릇 정도만을 먹을 뿐이었다. 배터리가 나가기라도 한다면 언니는 그대로 시들다가 굶어 죽을 것이다.

나는 극단을 나올 수밖에 없었다. 극단 동료 중에는 떠나가는 나를 안타까워하며 연기에 대한 자신의 열정이 얼마나 고결한지 다시금 확인하는 사람들도 있었다. 배고픈 예술가 판타지의 제물이 된 것이 썩 유쾌하진 않았지만 애써 반박하고 싶지도 않았다.

언니 일에 더 이상 방도가 없다는 생각이 들 때쯤 극단 선배에게 어떤 영양제 회사에 대한 이야기를 들었다. 베이클의 자회사라는 소문이 있는 한 회사에서 이너프 남용자들을 대상으로 식사 대용이 가능한 고용량 식이 영양제를 통신 판매하고 있다는 말이었다.

다른 통신판매업과 달리 텔레마케터 개개인이 공격적인 방식으로 판매 영업을 할 필요도 없을 정도의 영업이익을 내는 곳이었다. 돈벌이가 너무 간단하고 쉬워서 거창한 경영철학 같은 것도 따로 필요 없었다. 모기업에서 확보하고 있는 이너프 구입자들의 연락처를 전달받고는, 그들이 약을 구매하고 3~4개월쯤 후에 전화를 돌리면 되는 일이었다. 하지만 실제로 전화를 걸고 받는 텔레마케터들이 감정 노동과 격무에 시달린다는 사실은 다른 곳과 다르지 않았다.

영양제는 이너프만큼이나 손에 넣기 어려웠기 때문에 전화를 받은 사람들 대부분은 마치 입사 통보를 받은 사회 초년생처럼 고마워했다. 더 영리한 점은, 자사 직원들에게 영양제 우선 구매권을 보장하고 있었다는 것이었다. 내가 이곳에서 일하기로 한 결정적인 이유였다.

과장은 자리로 안내하면서 매뉴얼대로만 하면 파는 건 그리 어렵지 않다고 나를 안심시켰다. 하지만 내가 아는 텔레마케터의 고충 중에 냄새는 목록에 없었다. 과장은 놀란 내 표정에 도리어 놀란 것 같이 보였다.

"자기는 이너프 안 먹나 봐?"

어느새 말을 놓은 과장의 태도는 불쾌했지만 동시에 원숙한 사회인 같은 인상을 주었다. 기저귀를 차고 앉아 있는 직원들 대부분이 이너프의 장기 복용자였다. 저 중 이너프를 복용하지 않지만 눈에 띄기 싫어서 기저귀를 차고 있는 사람도 분명 있을 것이라 짐작했다.

"강요는 아닌데, 일하다 보면 필요해질 거야."

과장은 내 옆자리 사람에게 나를 인계했다. 단정한 차림의 중년 여성이었다. 다른 직원들과 마찬가지로 다소 수척해 보였지만 인상은 나쁘지 않았다. 자신을 제니퍼라고 소개한 여자는 전화 응대 매뉴얼과 업무 전반을 가르쳐주었다. 하루에 통화 횟수 할당량에 미치지 못하면 그만큼 판매에 성공한 인센티브도 차감되는 방식이었다.

"자기 이름은 뭐로 할지 정했어? 본명으로 해도 되긴 하는데 그러면 일할 때 속상할 일 많을 거야."

교육이 끝나고 제니퍼는 갈라진 입술을 계속 혀로 적시며 궁금한 게 있냐고 물었지만, 나는 코 밑에 바른 치약 냄새를 뚫고 올라오는 악취에 아직 적응이 되지 않은 상태라 머리가 잘 굴러가지 않았다. 난 그저 '왜 다들 기저귀를 차고 있는지', 그리고 '제니퍼는 왜 기저귀를 차지 않았는지' 중 어떤 걸 먼저 물어봐야 하는지 고민하고 있었다. 제니퍼는 눈을 아래로 흘겼다.

"아, 기저귀가 의무는 아니니까 오해는 마요. 다들 밥 먹는 시간 아까워서 이너프 한 알씩 먹는데 이게 부작용이 있어서."

ENF14를 장기간 섭취할 경우 시상하부의 신경 다발이 손상되어서 허기뿐 아니라 다른 생리적 욕구에 대한 신호도 무뎌질 수 있다는 말을 처음 들었을 때는 그리 놀라지 않았다. 베이클에 책임을 물으며 집단소송이 일어났지만, 이미 제품 설명서 부작용을 설명하는 부분 구석에 진드기만 한 크기의 문자로 명시를 해놓았다는 이유로 베이클은 법적인 제재를 교묘하게 피할 수 있었다.

나는 속으로 재판에서 베이클이 소송에서 졌더라도 제품 회수나 피해자에 대한 보상이 거의 이루어지지 않았을 것이라 확신했다. 그렇게 생각한 건 이너프 복용자들의 태도 때문이었다.

마치 아이돌 팬들이 아이돌과 소속사를 구분해서 생각하는 것처럼, 그들은 제약회사의 악마적 행태를 욕하면서도 신묘한 이너프의 효능에 있어서는 절대적인 지지를 보였다. 소송에 참여한 사람들조차도 그랬다. 그들은 어떤 부작용이 있었던 간에 대체 불가능한, 자신에게 새 몸을 선사해 주는 이 약을 필요로 했다. 나는 가장 쉽고 게으른 방식으로 피해자들에게 손가락질하는 나 자신에게 역겨움을 느끼면서도, 동시에 장기 복용자들을 향한 경멸감이 어느 정도 정당하다고 느끼기도 했다.

제니퍼는 대수롭지 않은 태도로 말을 이어갔다. 그런 태도는 제니퍼라는 이름과 퍽 잘 어울렸다.

"밥값 아끼려고 먹는 건데 기저귀 차면 무슨 소용이야. 난 그래서 이걸 써."

제니퍼는 자기 손목을 내밀어 스마트워치같이 생긴 장치를 보여줬다.

"이게 화장실 갈 시간도 알려주거든. 몸의 일부인 셈이야."

제니퍼의 시계에서 모스부호 같은 진동이 울렸다.

"아, 지금은 물 마실 시간이네. 한 달 근무 채우면 자기도 받을 수 있어."

다른 직원들도 모두 같은 물건을 차고 있었다. '바디 워치'라는 이름의, 일종의 대사 측정기였다. 이상하게 이제 아무 냄새도 나지 않았다. 과장이 직전에 한 말이 이제야 이해가 되었다. 나는 코 밑에 묻은 치약을 소매로 닦아내고 대수롭지 않은 척 가장 중요한 용건을 꺼냈다.

"그럼 영양제는 언제 구매할 수 있나요?"

"아이고, 그거 바디 워치랑 같이 주는 거라 수습 기간 세 달 이후에나 나올 텐데."

'세 달 이후'라는 말이 모래주머니처럼 가슴에 내려앉았다. 절망적인 소식을 마주한 회피 기제인지는 몰라도 제니퍼가 대사측정기를 바디 워치라 부를 때 표정에서 드러나는 묘한 자부심이 인상적이어서 잠시 딴 생각을 할 정도였다. 시간을 알려주지 않는데 시계라고 할 수 있나. 하긴 우리도 텔레마케터가 아니라 뉴트리션 서포터니 별 수 없지. 시끄러운 머릿속 잡음을 비집고 나온 내 표정을 보고 제니퍼는 사정을 눈치 챘는지 작은 목소리로 말했다.

"가족이야?"

내가 고개를 끄덕이자 제니퍼는 얼굴을 들이밀더니 더 작은 목소리로 속삭였다.

"정 급하면 내가 구해다 줄 수 있어."

✧

수화기 너머로 들리는 목소리들은 잘 분간이 되지 않았다. 목소리들은 금속끼리 부딪치는 소리처럼 건조했고 좁은 틈새로 바람이 새는 것처럼 위태로웠다. 가끔 언니의 목소리처럼 들렸다. 언젠가 정말로 언니의 전화를 우연히 받았다고 해도 그리 놀라운 일은 아니었다. 나 몰래 영양제 회사에 전화하는 건 언니의 비밀스러운 일과 중 하나였다.

언니는 내가 자신을 위해서 일을 한다는 사실쯤은 알고 있었을 것이다. 언니는 본인이 할 수 있는 최선이 영양제를 자신의 힘으로 구하는 일밖에 없다 여겼을 것이다. 다만 언니는 내가 무슨 일을 하는지는 몰랐을 뿐이다.

일과는 정신없이 지나갔다. 과연 선배의 말대로 판매 자체는 어렵지 않았다. 정해진 말을 내뱉는다는 점에서 연기와 조금 비슷한 점도 있었다.

전화를 받은 고객들은 대부분 이너프를 장기 복용한 사람들이라 모욕을 주거나 난리를 피울 힘조차 없었다. 뉴트리션 서포터를 감정적으로 괴롭히는 요소는 오히려 그런 낡고 지쳐 빠진 목소리 그 자체였다. 죽음을 앞둔 목소리와 자주 마주하는 것만으로도 인간의 정신은 깎여 나가기 마련이었다. 한 가지 다행인 점은, 애초에 이너프의 구매자들을 타기팅해서 전화를 돌리기에, 절반 이상이 구매까지 이어져 판매 실적 올리기가 그리 어렵지 않다는 점이었다. 처음임에도 매뉴얼대로만 하니 실적을 몇 개 올릴 수 있었다. 사은품으로 대사측정기, 아니, 바디 워치를 증정한다는 점도 판매를 성공시키는 요인 중 하나였다.

나는 고객들에게 나를 엘리엇이라고 소개했다. 매 통화마다 다른 이름을 고르는 상상을 해봤지만 그건 불가능했다. 고객들은 루시나 에이미 같은 이름을 기대했는지 내가 이름을 말하면 꼭 되물었다. 가끔씩 전화를 받은 사람 대신 중간에 전화를 가로채 또 이상한 약을 파느냐고 역정을 내는 사람도 있었다. 그런 말을 들을 때마다 집에 누워 있는 언니에게 전화를 걸어 화를 내고 싶었지만 그럴 수 없었다. 전화를 받기는커녕 벨소리에 쇼크사 할지도 모를 일이다.

제니퍼의 말대로 본명을 쓰지 않은 것이 도움이 되었다. 영업용으로 만들어낸 이 가짜 영어 이름은 고객들의 심각한 상황에 깊게 개입하는 걸 막아주는 역할도 했고, 어느 정도 현실감각을 차단해 주는 버블이 되었다. 수화기 너머의 목소리는 하나같이 건조하고 낮았지만, 매뉴얼대로 영양제를 소개하자 다들 반색하는 눈치였다. 고객들은 영양제가 얼마나 필수영양소를 풍부하게 담고 있는지에 감탄하기보다 이너프를 계속 복용할 수 있다는 사실에 안도하는 것 같았다.

오늘 주어진 통화 할당량을 겨우 채우고 제니퍼와 함께 밖을 나섰다. 일과가 끝나고 간단히 술을 한잔하며 영양제를 구할 방법을 알려주기로 했다. 요즘 식당의 물가를 감당할 수 없다고 거절해도 제니퍼는 걱정 말라며 나를 안심시켰다. 제니퍼가 날 데려간 곳은 아빠의 식당이 있던 자리에 생긴 프랜차이즈와 같은 상호의 오마카세 초밥집이었다. 식당 주인은 제니퍼를 보자마자 실망한 눈치였다.

"이랏샤이마… 에이, 손님인줄 알았네."

"왜 손님이 아니야? 손님 맞아. 광어 중자 하나 썰어 와봐, 예전 가격으로."

"이번이 마지막이야, 누나."

식당 주인과 제니퍼는 아는 사이처럼 보였다. 식당에는 손님이 거의 없어 우린 안쪽 방을 차지할 수 있었다. 꼭 옛날 한국영화 속 부패한 정치인들의 밀담 장면에 나올 만한 장소여서 기분이 이상했다. 음식이 나오자 나는 용건을 잠시 잊고 허겁지겁 입에 음식을 집어넣었다. 제니퍼는 갑자기 눈물을 흘렸다.

"이렇게 맛있게 먹는 사람을 보니 나도 예전 생각이 나서."

극단을 나왔을 때와 비슷한 민망함이 느껴져 나는 괜히 물을 홀짝였다. 나는 노스탤지어를 불러일으키는 과거 인류라도 된 듯한 취급이 불쾌해져서 조금 쏘아붙이는 듯한 말투로 내뱉었다.

"그 약 그만 드시면 다시 그러실 수 있잖아요."

"왜 식후 30분 딱 맞춰서 약 먹는 사람 있잖아. 내가 그래. 그래서 그런지 이너프도 꾸준히 복용했는데 끊어도 뭘 막 먹고 싶은 마음은 돌아오지 않더라구."

언니도 평생 이렇게 살아야 한다니. 입안에 남은 날생선이 비릿하게 느껴졌다.

"근데 이너프를 계속 복용하시는 이유가…."

"약을 끊어도 뭘 먹고 싶은 생각이 없을 뿐이지 배는 여전히 아플 정도로 고파. 먹는 만족감은 없는데 허기는 남으니까 안 먹으면 손해지."

그 말을 듣고 있으니 제니퍼의 푹 파인 볼이 도드라져 보였다.

"그래서, 자기는 가족 때문이랬나?"

"네, 언니가…."

"저런… 가족들 맘고생이 심하겠네."

제니퍼는 중년 여성 특유의 공감 능력을 과시하려 했지만 진심으로는 느껴지진 않았다. 그건 다음에 할 말을 준비하는 듯한 태도 때문이었다.

"딱하니까 자기한테만 말해주는 건데, 사실은 말이지, 영양제는 다 거짓말이야. 우리가 파는 영양제는 그냥 일반 비타민제랑 다를 게 없고, 복용한 사람들 건강이 회복되는 건 사실 사은품으로 주는 바디 워치 덕분이야. 워치를 차고 있으면 적어도 물 몇 잔이나 밥 몇 숟갈은 먹게 되거든.”

눈앞이 깜깜해졌다. 이너프가 사람들을 망쳐가고 있을 때만해도 세상이 이렇게 허술할 수가 있냐고 생각했다. 알고 보니 그 반대였다. 세상은 아주 정교하게 짜여 있었다. 단지 인간을 위한 정교함이 아닐 뿐이었다.

“고작 이 말하려고 부른 건 아니니까 안심해. 자기 언니 문제라면 더 확실한 방법이 있어. 간단한 시술이면 돼.”

제니퍼는 시술이라고 했지만 설명을 들어보니 결코 시술이라 부를 만한 게 아니었다. 원리 자체는 간단했다. 손상된 뇌 시상하부를 건강한 걸로 교체하는 게 전부였다. 문제는 이식자에게 건강한 시상하부를 교체한 후에 공여자는 이식자의 손상된 시상하부로 교체하거나, 그게 싫다면 아예 제거된 채로 살아야 한다는 거였다. 시상하부 없이는 생존에 필수적인 대사가 불가능하니 사실 후자는 수술을 마치자마자 죽음에 이르는 것이나 마찬가지였다.

작은 살점을 떼어낸 것치곤 대가가 가혹했다. 언니와 나는 혈액형이 같으니 이식 자체는 가능할지도 모르지만, 수술이 성공적으로 끝난다 하더라도 내가 언니의 손상된 시상하부를 이식받으면 평생 불감증 걸린 좀비처럼 살아야 한다는 사실은 변함이 없었다. 게다가 지하 불법 수술이었으니 걱정은 당연했다. 제니퍼는 내 우려를 꿰뚫어 본 것처럼 말했다.

"불법이라고 해서 이상한 돌팔이가 수술하는 게 아니야. 요즘 의사들도 경기가 안 좋거든. 사람들 대사가 느려지다 보니 발병 사이클도 확 느려져서 환자가 줄었다나 뭐라나. 나랑 오래 알았던 의사 선생님이 수술하신다니까 믿고 맡겨. 건강해지려는 의지가 있는 사람이 대신 아픈 게 낫지, 안 그래?"

제니퍼의 마지막 달변이 마음을 흔들었다. 엄마가 아플 때 나도 비슷한 생각을 한 적이 있었다. 대신 아프고 싶다는 생각. 그건 가족애나 이타심의 발로 따위가 아니었다. 더 이상 건강해질 의욕이 사라진 엄마의 모습을 그만 보고 싶을 뿐이었다.

쓸데없는 생각을 그만하라 다그치는 듯 제니퍼의 바디워치가 진동을 울렸다. 제니퍼는 회를 한 점 입에 집어넣었다. 대충 질겅질겅 씹는 모습이 마치 고무를 씹는 것 같았다. 나는 속으로 제니퍼가 언니의 늘어진 살가죽을 물어뜯는 광경을 상상했다.

나에게는 생각할 시간이 필요했지만 언니의 몸 상태를 보면 길게 끌 수 없었다. 결국 나는 다음 날 출근해서 제니퍼의 제안을 승낙했다. 수술 비용은 감당하기 어려울 정도였지만 제니퍼는 사정을 봐준다며 자신의 일일 할당 통화량을 일정 기간 동안 대신 가져가는 조건으로 가격을 많이 깎아준다고 했다. 다른 직원의 통화 할당량을 부담할 수도 있었기 때문에 남이 가져간 만큼 인센티브가 덜 깎이는 셈이었다. 통화 할당량을 일종의 사내 화폐처럼 운용하게 한 건 회사 입장에서 탁월한 선택이었다.

"그럼 하루 150통씩 반년이면 되겠다. 일은 후딱 해치우는 게 좋지? 오늘 일 끝나고 집에 방문 좀 할게. 자기 XX동 OO아파트 살지? 과장한텐 말해놨으니까 수술 끝나고 일주일은 쉬어도 돼."

제니퍼는 여러 가지로 셈이 빨랐다. 내가 도망가지 못할 거라는 확신은 정보의 우위에서 나온 듯했다. 제니퍼는 인사과장에게 이미 내 정보를 받아놓은 것 같았다. 아마 인사과장도 한 패인 것이 분명했다. 소름이 끼쳤지만 우선 언니를 살리고 볼 일이었다.

일이 끝나고 제니퍼와 같이 집으로 향했다. 집 앞에 세

우리가 기대하는 멸망들

워진 승합차에서 덩치 좋은 남자 둘이 내려 들것을 가지고 우리와 함께 집으로 올라갔다. 남자 중 하나는 본 적 있는 얼굴이었다. 어젯밤 제니퍼와 갔던 초밥집의 사장이었다. 가게에 처음 들어섰을 때 제니퍼가 말한 '손님'의 의미를 그제서야 알았다. 조명 때문인지 남자의 인상은 영 달라 보였다. 초밥집 남자가 언니를 들것에 태웠다. 언니의 체구가 어찌나 왜소한지 들것이 작은데도 빈 공간이 많았다.

다 같이 승합차에 올라타고 차는 어디론가 출발했다. 이대로 죽어도 이상하지 않은 상황이었지만 제니퍼는 나의 긴장을 풀어주려는 건지 계속 혼자 떠들다가 누워 있는 나에게 말했다.

"끝나고 맛있는 거 먹으러 가자."

정말 이상한 농담이었다. 회를 씹던 제니퍼를 떠올렸다. 제니퍼도 이런 수술을 했을까? 그녀는 모든 신입에게 수술을 권하는 역할일까? 그럼 이 회사에서 일하는 모든 뉴트리션 서포터들이 기저귀를 찬 것도 사실은 이 수술을 받았기 때문일까? 내 모든 편집증적인 추측이 맞는다면, 저 농담은 아주 유효한 농담이었다. 내가 수술을 앞두지 않았다면, 혹은 죽어가는 언니가 없었다면 분명 나는 저 절묘한 농담에 손뼉을 치며 웃었을 것이다.

낡은 건물에 도착하고 나서 언니는 들것 그대로 수술실로 보이는 곳으로 먼저 들어갔고, 나는 다른 방에서 환자복으로 옷을 갈아입었다. 얇은 수술복 아래 수술대의 차가움이 등으로 전해졌다. 그 이후는 간호사가 놓은 마취제 때문인지 잘 기억이 나지 않는다. 몽롱한 의식 속에서 제니퍼가 의사와 반갑게 인사하는 목소리가 들렸다. 수술 준비를 하는 간호사 얼굴이 왠지 죽은 엄마처럼 보였다.

✦

불법 의료시설치고는 나흘 동안 제법 살뜰한 보살핌을 받았다. 언니는 의식을 회복하자마자 사라졌던 허기가 돌아왔다는 사실을 깨닫고는 나를 저주하며 울었다. 언니는 배가 고파질 때마다 약을 내놓으라고 고래고래 소리를 지르면서도, 간호사가 가져다준 환자식을 허겁지겁 먹어치웠다. 식사를 마치고 나면 알 듯 모를 듯한 표정을 지었다. 퇴원 후에도 이 과정이 몇 번 반복된 다음에야 언니는 다시는 약을 복용하지 않겠다고 했다. 반면 나는 모든 생의 감각이 둔해진 기분이었다.

간호사는 퇴원 전 제니퍼가 주는 선물이라며 나에게 바

디 위치를 채워줬다. 밥을 먹으라는 신호가 필요 이상으로 자주 울리는 것 같아 노이로제에 걸릴 지경이었다. 음식의 맛은 모두 느껴지긴 했지만 도저히 무엇이든 입에 넣거나 삼키고 싶지 않았다. 그럼에도 배 속의 허기는 계속해서 존재감을 과시했다. 나는 천천히, 그리고 확실하게 생기를 잃어가고 있었다.

제니퍼에게 상납하는 통화 할당량과 기존에 부여받은 통화 할당량을 소화하느라 하루 300통이 넘게 통화를 해야 했다. 제대로 된 식사를 할 시간도 없었고 그럴 생각도 들지 않았다. 하지만 영양실조로 쓰러지면 할당량을 채우지 못했다는 이유로 금방 해고를 당할 게 분명하니 통화 사이사이에 유동식 몇 모금을 억지로 삼켰다. 당연하게도 그걸로는 밀려드는 허기를 억누를 수 없었다.

나는 결국 언니가 먹던 이너프를 마저 복용할 수밖에 없었다. 그나마 주말에는 언니가 밥을 먹을 때만 한두 숟갈 정도 거들 뿐이었다. 약을 복용하고 얼마 지나지 않아 언니가 그랬던 것처럼 배변 신호도 느끼지 못하게 되어 아찔한 상황이 몇 번 반복되자 나는 출근할 때 기저귀를 찰 수밖에 없었다.

이너프 장기 복용자들과의 통화는 나를 더욱 갉아먹었

다. 그들은 지쳐서 체력이 없기는 했어도 절대 고분고분하지는 않았다. 아무 효능도 없는 영양제를 구매하려는 사람들의 태도는 절박했고, 여유가 없는 탓인지 무척 신경질적이고 심하면 가학적인 경우가 많았다.

오늘은 그런 통화가 유독 많은 날이었다. 나는 비에 두들겨 맞은 들쥐 같은 상태로 퇴근했다. 퇴근길에 다음 날 죽은 채로 발견되지 않으려면 오늘 저녁에는 어떤 음식을 내 몸에 쑤셔 넣어야 할지 고민하다가 결국 결론을 내리지 못한 채로 집에 도착했다.

현관문을 열고 들어가자 적막이 집을 휘감고 있었다. 원래도 소음이 있는 집은 아니었지만, 이번에는 달랐다. 언니의 방은 처음부터 사람이 살지 않았던 것처럼 텅 비어 있었다. 거실 탁자에는 사진이 놓여 있었다. 그건 교복을 입은 언니와 내가 십여 년 전 찍은 사진이었다. 언젠가 학교가 일찍 끝난 날 같이 찍은 사진이었다. 살집이 조금 있는 언니의 얼굴이 낯설었다. 누가 찍어줬는지는 기억나지 않았다. 그 시기의 언니는 사진을 잘 찍지 않았다.

손목에 있던 바디 워치가 적막을 찢고 삐삐 울었다. 사진에는 아무 메모도 쓰여 있지 않았다. 언니가 이너프를 끊게 된 이유는 단지 오랜만에 느낀 식욕과 포만감 때문만은 아니었을 것이다. 그건 언니가 나를 떠난 이유와도 같을 것이다. 우린 서로의 불행의 채무자이자 채권자였다. 그 빚은 측정이 불가능하기 때문에 상호 교환되거나 상쇄되는 성질의 것도 아니었다. 어쩌면 영영 갚지 못할지도 몰랐다.

언니가 떠나지 않은 세상을 상상해 보았다. 그 세상에서 언니는 나에게 평생을 빚지고 묶인 채로 나에게 삶을 헌신했을 것이고 나 또한 그랬을 것이다. 그 세상에서 우리는 서로에게 선택지를 허락하지 않았을 것이다. 하지만 그건 우리가 살아갈 삶이 아니었다. 그 사실을 깨닫고는 난 내 주변의 대기가 달라졌음을 느꼈다.

비로소 당위의 삶은 나를 놓아주었다. 나는 이제야 탕감되었다.

캠프 버디의 목을 조르고

정인서는 달렸다. 캠프를 떠나고 싶지는 않았지만 선택의 여지가 없었다. 인서는 어딘지도 모르는 숲의 나뭇가지에 팔이고 얼굴이고 모두 긁혔지만 아무것도 느껴지지 않았다. 그는 방금 일어난 일을, 자신이 저질렀을지도 모르는 일을 이해하는 데 뇌의 모든 기능을 할당했다. 캠프에 들어가게 되었을 때 인서는 모든 걸 받아들이겠다고 생각하긴 했어도 이런 것까지 원하지는 않았다.

선택할 수 없는 태도가 되어버린 자신의 신념을, 부모에게 물려받은 그 신념을 사람들은 증상이라고 불렀다. 어찌할 수 없었다는 점에서 그건 병이 맞았다. 그는 짧은 평생동안 순종적인 딸이었기 때문에 그 바보 같은 신념이 자신에게 침투하는 것을 막을 수 없었다. 그래서 캠프에 온 대부분의 교화생과는 달리 인서는 이렇게라도 자신을 바꿀수 있음에 오히려 안도했다.

하지만 지금 정인서는 갈 곳 없는 원망을 억누르려 애쓰고 있었다. 이건 윤리나 죄책감과는 관계가 없었다. 인서는 캠프에 있는 단 한 명의 친구를 떠올렸다. 자신을 미워하고 위로한, 사랑해 마지않는 캠프 버디.

◆

'미리 말해두는데 전 그쪽 부류에게 편견 없어요.'

　나이 열다섯의 목격자이자 캠프의 교정 대상인 노현진은 감사관 박노아의 목에 있는 타투를 쳐다보고는 말했다. 노아는 현진의 도발에도 크게 괘념치 않았다. 제25 교정 캠프에서 일어난 실종 사건을 조사한 지 사흘이 지났지만 별 소득이 없어서 조바심이 날 뿐이었다. 노아의 타투는 사슬 고리 두 개가 이어진 모양이었다. 100년 동안 이어진 혐오에 저항한다는 의미로, 주로 탄압의 대상이었던 소수자들이 새기곤 했다.

　밉살스럽게 씰룩이는 현진의 표정을 보고 노아는 교정 캠프가 썩 제 역할을 하고 있지는 못하다고 느꼈다. 사라진 두 교화생 최덕윤과 정인서가 스스로 성공적인 교정을 마쳤다고 판단해 캠프를 떠난 건지, 혹은 교정 과정을 견디지 못하고 도망간 건지 현진은 말을 해줄 생각이 없어 보였다.

　교정은 주로 시뮬레이션 체험으로 이루어졌다. 캠프의 시뮬레이션 교화는 '인간은 자신이 겪어보지 않은 것을 이해할 수 없다'는 단순한 전제에서 출발한 제도였다. 과거 시대가 배경인 가상현실 안에서 자신이 속하지 않은 성,

인종, 계층의 삶을 살아보면서 '정상성 회귀 운동'의 차별과 혐오를 직접 겪어보는, 일종의 충격 요법 형식의 체험 교육이었다.

캠프 입소 전, 교화 대상의 인권 의식이 어느 정도인지 판단하는 테스트를 거친 후, 교화 대상이 적대감을 가진 대상과 그 적대감의 수준에 따라 어떤 삶을 체험할지가 정해졌다. 차별의 맥락과 역사를 이해시키기 위해 '정상성 운동' 시대 전후만이 아니라 근대 이전의 삶까지 시뮬레이션에 포함되어, 교화생은 다양한 배경을 가진 역사 속 약자의 삶을 체험할 수 있었다. 하지만 그건 진짜 삶이라기엔 온갖 억울한 고난으로만 요약된, 일종의 편집본이었다.

남성이 임산부의 입장을 이해하겠다며 배가 불룩한 조끼를 입어 본다든가, 청인이 농인의 입장을 이해하겠다며 잠시 귀에 솜을 쑤셔 넣었던 과거의 기상천외하리만큼 단순하면서 무례한 발상의 빈 틈을 극단적인 기술력과 강제성으로 채운 제도였다. 사람이 다양한 만큼 혐오도 다양한 스펙트럼으로 나타났다. 피부가 갈색인 사람과 같은 공간에 있는 것은 못 견디면서 동양인과는 스스럼없이 어울리는 이도 있었고, 남성 에이섹슈얼은 역겨워하면서 여성 호모섹슈얼은 친구로 두고 있는 사람도 있었다.

적대감의 정도가 유독 심한 사람들은 캠프 안에서 '심화 반'이라 불렸다. 노아는 현진의 기록을 굳이 보지 않아도 현진이 심화반에 속한다는 점을 분명히 알 수 있었다. 그리고 심화반 소속 교화생의 경우 시뮬레이션 교화가 그리 큰 효과가 없다는 의견이 중론이었다. 신임 감사관에겐 껄끄러운 상내였지만 이 일을 한다고 자원했을 때 당연히 예상한 일이었다. 노아는 손목을 돌려 자신의 피부 안에 임플란트된 3차원 레코더를 작동시키며 심문을 시작할 준비를 했다.

현진은 노아를 기분 나쁘게 바라보며 먼저 침묵을 깼다.

"감사관님 낯이 익네요."

"그런가요?"

"맞다! 박노아! 가족들이랑 본 옛날 방송에서 본 거 같네요. 나중에 광고도 몇 개 찍었죠? 제 첫 드림 슬립 디바이스도 그쪽 나오는 광고 보고 샀어요."

노아는 움찔할 수밖에 없었지만 최대한 개의치 않은 척하며 말했다.

"가족들이랑 꽤나 가까웠나 보군요. 부모님과의 관계는

어땠죠?"

현진이 신경질적으로 대답했다.

"왜 저한테 이런 질문을 하죠? 제게 무슨 혐의가 있다고 생각하시나요?"

"사라진 학생들한테 질문을 할 순 없으니까요."

"부모님이 저에게 그런 방송을 보여준 건, 감사관님의 가족을 반면교사 삼기 위해서였어요. 극렬 정상주의자 부모님이 보기에 검사관님의 가족은 그저 프로파간다였으니까요. 저희 가족이야 뻔하죠. 그냥 시대에 뒤처진 사람들이니. 전 감사관님 가족이 더 궁금한데."

현진이 다시 대화의 주도권을 잡고 싶은 듯 도발했지만 노아는 예상했다는 듯 능숙하게 넘겼다.

"저희 가족에 관심이 많으시군요. 그럼 사라진 두 명 이야기를 해보죠. 최덕윤 교화생, 정인서 교화생과는 잘 아는 사이였나요?"

"아뇨, 둘 다 몰랐어요. 이름은 들어본 것 같기도."

기다렸다는 듯이 재빠르게 대답을 하는 현진의 말을 듣고 노아는 속으로 이제야 무언가 건졌다고 생각했다. 현진은 거짓말을 하고 있었다. 현진과 사라진 정인서가 이야기하는 모습을 목격했다는 주변의 증언이 이미 있었기 때문이다. 노아가 심문을 이어갔다.

"그날 밤에 뭘 봤나요?"

"사실 뭘 본 건 아녜요. 소등 후에 비명이랑 유리 깨지는 소리를 들었어요. 그래서 일어나서 소리가 난 쪽으로 갔는데 아무것도 없더군요. 검은 실루엣이 훅 지나갔어요. 그게 다예요."

"꽤 늦은 시간이었고 주방은 현진 씨 방에서 좀 멀었을 텐데, 잠귀가 정말 밝나 보군요."

"사실 깨어 있었어요. 교정 기간이 다 끝나 가는데 슬슬 수료 후 진로 걱정에 요새는 잠을 잘 못 자거든요. 그러고 보니 교정부에서 일하는 건 어떤가요? 거기에서는 당신 같은 사람만 일할 수 있다던데, 저 같은 사람이 일하기에는 역시 무리겠죠?"

노아는 손가락을 만지작거리며 현진의 빈정거리는 태도를 무시하려 노력하고 있었지만 쉽지 않았다.

"'당신 같은 사람'이라면, 임플란트 이식자를 말하는 건가요?"

"그거 말고요. 요즘 일 구하려면 소수자성 한 가지쯤은 스펙으로 있어야 된다면서요?"

노아는 건조한 말투로 경고했다.

"적대 대상 목록에 트랜스젠더는 없던데 추가해야 할까요? 그럼 교정 과정이 추가되고 현진 씨가 여기서 잠 못 이루는 나날은 더 길어지겠죠."

현진이 처음으로 입을 다물었다. 하지만 그렇다고 해서 노아가 승리감을 느낀 것도 아니었다. 아직 알아낸 것은 많지 않았다.

"다시 집중해 볼까요? 그 소리를 처음 들었을 때 무슨 생각을 했나요?"

"기어코 누가 한 건 했구나 싶었죠."

"무슨 일이 일어날 줄 알았다는 뜻인가요?"

"시뮬레이션에서 못 벗어난 사람들이 가끔 돌발 행동을 하거든요. 가상현실 속 자신에서 못 헤어난 거죠. 가끔 생생한 꿈을 꾸고 일어나면 잠시 동안은 삶이 꿈의 연장인 것 같이 헷갈리잖아요? 비슷해요. 다만 그 상태가 좀 오래가는 것뿐이죠. 대부분은 며칠 울적하고 말지만 심하면 뭐…."

"심하면?"

"격해지는 거죠. 사람을 해친다거나 자살 시도를 한다거나."

심문을 마치고 방을 떠난 노아는 별로 기억하고 싶지 않았던 어린 시절을 상기했다. 어린 시절이 그런 식으로 박제되는 건 그리 유쾌한 일이 아니었다.

노아는 아홉 살 때부터 몇 년간 두 어머니와 함께 선전 방송에 출현한 유명인이었다. 정상 가족 이데올로기를 타파하고 다양한 삶의 형태를 홍보한다는 목적으로 100여 개 국에서 방송되는 프로그램이었다. 어린아이를 무작정 귀여운 존재로 대상화한다는 비판을 피하기 위해, 그리고 양육자와 피양육자 간의 진솔한 소통이 중요하다는 메시지를 전달하기 위해 아이가 양육자에게 화를 내고 소리를 지르는 모습까지 적나라하게 공개되었다.

수많은 아동 전문가들이 방송의 자문을 맡았고, 노아가 촬영을 원하지 않을 때면 군말 없이 촬영을 중지했지만, 이미 방송된 자료들에 대해서 열네 살짜리 아이가 할 수 있는 일은 별로 없었다. 노아의 양육자였던 엄마들은 진심으로 이 프로그램이 사회와 노아에게 도움이 될 거라 생각했지만, 노아의 선택지가 협소했다는 사실을 노아만큼 이해하진 못했다.

노아의 찝찝한 기분은 그 기억 때문만은 아니었다. 노아는 교정부가 소개하는 성공적인 교화 사례들을 진심으로 믿고 싶어 했다. 예비 시민으로서 적합한 인권 의식을 지니게 된 아이들. 더 이상 자신과 다른 사람을 낯설어하지 않게 된 어른들. 하지만 바람은 바람일 뿐이고 노아는 이 캠프가 그리 효과가 있을 거라 생각하지는 않았다.

노아는 반차별 특례법이 발표되고 한참 뒤에 태어난 세대인지라, 본인의 정체성으로 인해 겪은 차별은 거의 없었다. 하지만 감사관을 준비하면서 본 과거 자료들과 정상성 운동의 끝자락을 목격했던 두 어머니에게 들었던 이야기들은 밤잠을 설치게 할 정도였다. 진짜 삶에서 느끼는 박탈감, 단절감, 적대감, 소외감은 아무리 마음의 준비를 해도 대비하거나 예상할 수 없었다. 가상현실 시뮬레이터가 그런 추하고 생생한 차별의 경험을 제대로 재현할 수 있는지도 의문이었지만, 완벽한 재현이 가능하다고 해도 과연 교정 효과가 있는지, 교정 효과가 있다고 해도 그 방식이 과연 윤리적이라 할 수 있는지 의문이 꼬리를 물었다.

노아는 잠시 머리를 식히러 방에서 나와 시설을 둘러봤다. 캠프라는 어감과는 달리 수용소 같은 분위기는 없었다. 전체적으로 흰색의 차분한 인테리어가 요양원 같기도 했고, 곳곳에 걸려 있는 '정상은 없습니다', '첫인상은 결백하지 않습니다' 따위의 공익 문구들이 학교 같은 느낌을 더하기도 했다. 혐오 표현을 사용한 범법자들은 성인, 미성년을 가리지 않았다. 캠프는 전자에게 교화 시설이었고, 후자에게는 교육기관이었다. 그렇게 때문에 성인과 달리 캠프에 입소한 미성년자에게는 '수감자' 대신 '교육생', '교화생' 같은 표현이 권장되었다.

이런 방식의 교화 제도는 반차별 특례법이 도입된 이후에 정착되었다. 타인을 상상하는 능력의 부재가 유독하다는 점을 처음 깨달은 시대가 오기까지, 세계 곳곳에서 몇 번의 학살과, 수십 번의 폭동과, 그리고 한 번의 선언이 있었다. 그 선언의 시작은 한 인류학자의 죽음에서 촉발되었다.

50년 전, 2035년 뉴기니에서 한 프랑스 인류학자가 절벽 아래에서 죽은 채로 발견되었다. 그는 학자로서보다도 기행으로 더 유명했던 자였다. 그 기행의 내용은 이런 것이었다. 그는 연구차 유적지나 원시 부족을 방문할 때마다 자신이 믿는 신을 위해 어떤 방식으로든 토속 신앙을 모욕했다.

파푸아뉴기니 정부 측은 그가 출입이 제한된 고로카 고산 부족 구역에 들어갔다가 실족사를 당했다고 결론 내렸다. 하지만 그 인류학자가 믿던 종교의 신자들은 부족 토템을 망가뜨린 복수로 현지인들에게 살해당한 것이 분명하다며 목소리를 높였다. 학자는 순식간에 '야만의 세계에 문명을 전해주려 했던 순교자'가 되었고, 소위 '1세계인'들은 프랑스 정부가 파푸아뉴기니에 외교적 보복을 가하지 않았다고 비판했다.

이를 계기로 서유럽과 북미의 백인 커뮤니티 중심으로 실체 없는 억울함과 피해 의식이 번졌다. 자신들은 나라가 보호해 주지 않으며, 윗세대가 저지른 행동에 대해 부당한 낙인을 안고 살아가야 한다고 울분을 터뜨렸다. 정치인들은 이런 흐름을 놓치지 않고 이들을 정치 주체로 만들어 자신들이 주권을 잡는 데 이용했다.

급기야 21세기 중반에 들어서는 자유주의 진영 국가 시민들 사이에서 '정상성 회귀 도그마'가 선언되었다. 이건 시민 주체였기 때문에 극우 정권이 들어선 것보다 훨씬 심각했다. '정상성'은 '문명', '일반', '보통', '다수', '권력' 등의 단어와 동일어로 사용되었기 때문에 플라스틱만큼 범용적이면서 생화학 무기만큼 파괴적이었다. '정상성 회귀 운동'은 백인이나 남성 집단에서 그치지 않고 더욱 널리 퍼져갔다. 실체가 없는 진짜를 가려내기 위해 사람들은 끊임

없이 분류되고, 분류된 클러스터 안에서 다시 분류가 시작되었다.

20세기 파시즘 이후 민주주의가 득세했듯이, 정상성 회귀 운동이 세계 인구의 반을 줄이는 결과를 낳자 반차별주의가 그다음의 새 헤게모니로 떠오르기 시작했다. 이곳의 교회생들이나 교화 시설은 정상성 회귀 운동의 흔적기관인 셈이다. 그리고 모든 흔적기관은 사라지기 마련이었다. 특정한 정체성 집단으로 편의에 따라 호명되고 분류되었다는 점에서 본다면, 노아는 이들이 자신의 처지와 크게 다르지 않다는 생각을 하기도 했다.

노아는 레코더에 기록된 현진과의 인터뷰를 검토하기 위해 다시 방으로 들어왔다. 레코더는 공간 전체에 있는 정보들을 뇌에 직접 모두 저장하고 가상현실 공간에 이를 재구현하는 방식이기에 이를 검토하기 위해선 꽤나 오랫동안 방해받지 않아야 했다. 노아가 다시 손목을 돌려 레코더를 작동하자 현진과 자신의 홀로그램이 나타났다. 방금 전의 유쾌하지 않은 대화에서 단서를 얻기 위해 노아는 모든 정보들을 시각화해서 허공에 띄웠다. 각종 바이탈 사인들은 화자가 어떤 감정인지까지도 알려줬다. 그 말은 현진은 물론 노아의 심리 변화도 포착된다는 뜻이었다. 노아

는 현진의 도발에 잠시 심장박동수가 증가한 것이 부끄러
웠다. 노아는 손짓으로 홀로그램을 정지하고 현진의 기록
을 살펴봤다.

"특이사항, 콘(CONN), 두 양육자 모두 다른 캠프에서
교정 출소 후 현재 행방불명."

전례 없이 많은 국가에서 소수자를 향한 차별과 혐오에
민감하게 반응하는 정부가 들어섰지만, 여전히 '정상성 회
귀 운동'을 조용하게 지지하는 사람들도 적지 않았다. 다만
그들은 강경한 법 때문에 드러내지 않고 사는 수밖에 없었
다. 오히려 이 때문에 집단의 결집력과 비장함은 견고해졌
고, 그들은 자신을 폭압적인 정부에 탄압받는 고결한 레지
스탕스라고 여기며 더욱 지하로 숨어들었다.

현진은 교정부에서 '콘'이라 불리는 케이스였다. 콘이란
'네오 정상주의자 양육자를 부모로 둔 아이(Child Of Neo
Normaliterian)'의 준말로, 낙인으로 기능한다는 점에서 교
정부의 지향 가치와는 다소 거리가 있는 조어였다. 캠프의
심화반에는 이런 배경을 가진 아이들이 꽤 많았다. 사라진
최덕윤과 정인서의 기록에도 같은 말이 적혀 있었기에 이
건 사실 그리 이례적이라 할 수도 없었다.

인서는 콘임에도 그리 적대적이지 않고 차분하다는 기

록이 있었지만, 현진의 태도는 전형적이라 할 만큼 극렬
정상주의자의 것이었다. 상대의 소수자성을 마치 특혜처
럼 언급한 다음, 상대의 반응에 놀라서 새삼 자신의 발언
을 점검하는 척 말하는 방식은 그들의 뻔한 대화 패턴이
었다. 표현의 자유에 대한 법리적 해석이 완전히 바뀐 지
금에도 정상주의자들이 자신의 자녀들에게 여전히 표현
의 자유라는 날이 무딘 무기를 손에 들려주고 있다는 증
거였다.

노아는 늘 정상주의자들에게 매료되었다. 왕릉 앞에 세
워진 석물처럼 사라진 가치를 고집스레 지키고 있는 수호
자들. 하지만 그것도 어디까지나 사료(史料)로서였다. 생생
한 인간으로 만난 정상주의자는 흥미롭기는커녕 로드킬
당한 동물의 사체처럼 도무지 마주하고 싶은 존재가 아니
었다.

정상주의자들이 대부분 사회 적응에 어려움을 겪긴 해
도 행방불명된 현진의 부모는 꽤나 특이한 경우였다. 현진
이 부모 이야기를 꺼냈을 때의 바이탈 사인을 살펴보면 대
화의 마지막 부분에서만큼은 맥박이 증가하고 스트레스
수치가 올라갔다. 현진이 인서를 몰랐다고 거짓말했을 때
잡힌 바이탈 사인이었다. 하지만 단순히 엮이고 싶지 않아

서 거짓말을 했을 수도 있기 때문에, 현진이 마지막에 언급한 시뮬레이션 부작용이야말로 지금 상황에서 가장 가능성 있는 단서였다.

캠프에 대한 안 좋은 소문을 들어본 적은 있었다. 노아는 교정을 마치고 나온 아이들 중에는 괴리감을 느끼거나, 아니면 아무 징후도 없다가 픽 죽어버리는 경우가 있다는 말을 떠올렸다. 그는 이제 예전처럼 이 소문을 네오 정상주의자들의 프로파간다 정도로 치부할 수만도 없었다.

노아는 캠프의 총 책임자인 김 소장을 만나러 가기로 했다. 소장은 노아와 같이 교정부 산하 소속이었지만 시설의 흠을 잡으러 온 노아에게 정보를 순순히 내놓을 리 없었다. 그래서 노아는 소장의 사무실에 들어가기 전 문 앞에서 미리 몰래 레코더를 작동했다. 허가받지 않은 공간 레코딩은 감사관에게만 허용되었기에 노아는 왠지 모를 배덕감을 느꼈다.

김 소장의 첫인상은 독특했다. 옅은 웃음을 지을 때는 고매한 성직자 같은 느낌이 있었지만, 무표정일 때는 길을 물어보는 게 꺼려지는 이방인같은 얼굴이 되었다. 걱정과는 달리 소장의 태도는 비교적 협조적이었다. 노아는 자신이 그렇게 느낀 건 아마 이제까지 캠프의 교육생들만 상대했기 때문일 것이라고 속으로 되뇌면서 경계심을 쉬이 늦추지 않으려 했다. 소장은 부임한 지 얼마 되지 않았고 이전까진 교정부 소속 연구원으로 근무하던 인텔리였다. 정부가 학자 출신 관료를 선호한 결과였다. 노아는 소장의 사무실 방문을 두드렸다.

소장의 사무실은 먼지 하나 없이 깔끔하고 조용했다. 영양가 없는 인사치레가 끝난 뒤 소장이 차를 홀짝거렸다. 그 소리가 거슬린 노아는 바로 본론으로 들어갔다.

"혹시 시뮬레이션 교정의 부작용에 대해서 아는 바가 있으신가요?"

"아직 학계에 보고된 바는 없긴 한데⋯."

노아는 소장의 머뭇거림을 놓치지 않고 캐물었다.

"그런데 의심 가는 것은 있다는 말씀이신가요?"

"솔직히 말씀드릴게요. 문제를 해결하려면 문제를 제대로 보는 게 중요한데 저는 사실 교정부에 그런 능력이 있으리라곤 믿지 않습니다."

소장의 말에서는 중간 관리자의 피로가 묻어났다. 그리고 노아 또한 그 말에 조용히 동의했지만 자리가 사람을 만든다는 말이 있듯이 소장에게 동조할 수는 없었다.

"지금은 교정부를 탓하는 것보다 사라진 아이를 찾는 게 더 중요하지 않나요?"

"감사관님, 전 누구보다도 캠프가 정상화되길 바랍니다."

"정상화라니, 상당히 과감한 단어 선택이군요."

"오염된 단어란 점은 알지만 그만큼 간절하다는 뜻입니다. 저희 기관도 최대한 협력하고 있다는 걸 알아주셨으면 합니다."

"그렇게 말씀하시는 걸 보면, 교정부는 믿지 못해도 저는 믿으시는 거 같은데 어째서죠?"

"글쎄요. 무례한 말씀인 건 알지만 전 감사관들의 비싼 신체는 믿습니다. 임플란트는 수많은 이점이 있으니까요. 지금도 실시간으로 이 대화를 레코딩하는 중이시겠죠."

"그것까지 알고 계시리라곤 예상 못했네요."

"제가 감사관님에게 여분의 신뢰를 더 할애한다면 그건 어머님 덕분일 겁니다. 감사관님의 어머님을 뵌 적이 있어요. 물론 방송에서 말고요. 새해 자선기금 모임이었는데 무척 곧은 분들이셨죠. 따님을 자랑스러워하셨던 건 물론이고요."

노아는 이런 순간마다 두 어머니에 대한 경멸감이 스멀스멀 올라왔다. 삶이 프로파간다가 된다는 것은 이런 식이었다. 소장은 그런 노아의 머릿속을 엿보기라도 한 듯 말을 이어갔다.

"하지만 언제나 그렇듯, 감사관님의 삶 또한 보이는 것만이 다가 아닐 테죠. 감사관님만 볼 수 있는 어머님의 모습이 있듯이, 외부인만 볼 수 있는 캠프의 모습도 있습니다."

"우려되는 부분이 있다면 직접 말씀해 주시죠. 교육생 말로는 시뮬레이션 교정 과정에서 생기는 문제들이 있다고 하던데요."

"제가 말씀드리는 것보다 직접 보시는 게 나을 것 같네요. 이곳에 감사관님을 모신 것도 보여드릴 자료들이 있어서였습니다. 실무 직원들 중에는 정보 공개를 말리는 사람들이 많았지만요. 검사관님 개인 홀로그램 공간에서 열람이 가능하게끔 이 사무실 한정으로 정보를 공개해 놓았습니다. 저는 자리를 비워드릴 테니 천천히 검토해 주셨으면 합니다."

━✦━

노아는 숙제를 떠안은 기분이었다. 자신이 소장을 경계했던 것과 마찬가지로 소장 또한 자신을 경계하고 있었다. 다만 서로 쉽게 신뢰를 내어줄 수 없는 이유도 같았다. 교정부를 신뢰하지 않는다는 점 덕분에 노아는 소장에 대한 경계를 낮출 수 있었다. 방금의 대화를 레코딩한 바이탈 사인으로 복기해 보니 소장은 분명 진실을 말하면서도 대화 내내 불안함을 안고 있었다.

노아는 소장이 공개한 교화 시뮬레이션 과정 관련 자료를 모두 다운받았다. 그는 뇌의 다른 부분을 할당해 자료를 검토하면서 방을 나가 캠프를 더 둘러보기로 했다.

캠프의 교정 시뮬레이션 개발 과정은 언뜻 보기에도 이상했다. 초기에는 시뮬레이션 속 자아를 최대한 생생하게 구현하는 것, 그리고 그 자아를 접속자에게 최대한 몰입시키고 동기화시키는 것을 목표로 개발하다가, 나중에는 접속자가 가상 자아에서 어떻게 하면 쉽게 빠져나올 수 있을지에 더 초점을 맞추는 쪽으로 방향을 틀었다. 교정부가 초기의 목표를 정말 달성했다고 여겼는지는 모르겠지만, 방향을 튼 것을 보면 개발 과정에서 심각한 오류, 이를테면 현진이 말한 것과 같은 시뮬레이션 과몰입 부작용이 있었기 때문일 것이다. 자신이 혐오하던 사람이 되는 경험은, 그 사람을 이해하게 되는 결과보다는 혐오의 대상이 그저 자기 자신으로 대체되는 결과로 이어질 위험이 더 컸다.

사람의 정신은 기존 노선을 쉽사리 바꾸지 않게 설계되어 있었다. 설령 그게 자신을 학대하는 길이라 할지라도 마찬가지였다. 시뮬레이션 접속 시 자아 동기화가 제대로 일어나지 않는다 하더라도, 쏟아지는 혐오와 적대감을 감당해야 하는 가상의 삶을 몇 주일씩 살다 보면 정신이 남아날 리가 없었다. 캠프는 이 문제를 해결하기 위해 시뮬레이션 체험 후에는 반드시 며칠 동안은 면 대 면 정밀 상담을 실시하고 있었다.

노아는 액세스가 허용된 상담 기록과 공간 기록을 띄우고 빈 상담실 안으로 들어갔다. 근 몇 개월 동안 이루어진 상담이 전 방향에서 관찰이 가능하게끔 홀로그램으로 녹화되어 있었다. 이건 뇌 외부의 정보를 그대로 리딩하는 정도라 멀티태스킹이 가능했다. 시뮬레이션을 마친 교육생들은 대체로 혼란스러워 보였다. 나이가 어릴수록 혼란스러움의 정도는 심했다. 어떤 아이는 자신의 얼굴이 낯선지 계속 거울을 들여다보기도 했다. 하지만 이틀째 면담부

우리가 기대하는 멸망들

터는 대부분 지쳐 보이긴 해도 안정을 찾기 마련이었다.

하지만 정인서의 경우는 달랐다. 면담을 계속 진행해도 인서의 상태는 나아지지 않았다. 더 이상한 것은, 인서의 시뮬레이션 부작용 증상이 채 호전되지 않은 상태에서 다음 시뮬레이션 교정을 강행했다는 점이었다. 세 번째 면담부터는 면담 내용도 다른 교육생들과 확연히 달라졌다. 상담자는 마치 인서가 시뮬레이션 자아에 더욱 강하게 몰입하기를 원하기라도 하는 듯, 가상현실에서의 경험과 감정을 자세히 물었다.

인서의 태도는 소극적이었지만 바이탈 사인을 보면 분명히 상담 자체에 굉장한 스트레스 반응을 보이고 있었다. 그리고 매 상담은 인서의 눈물로 끝이 났다. 명백한 고문이자 학대였다. 마지막 세션에서 상담사가 나가고 나서 인서의 홀로그램은 그 자리에서 한참 동안 울었다. 그러다가 누군가가 들어와 인서의 어깨를 쓰다듬었다. 낯이 익은 얼굴이었다. 현진이었다.

홀로그램 기록은 단순히 현진의 거짓말을 증명한 것에서 그치지 않고, 둘이 분명 가까운 사이라는 사실을 보여주고 있었다. 노아는 거짓말을 한 현진에게 가야할지, 아니면 비윤리적인 교정을 최종적으로 승인한 소장을 찾아가야 할지 고민했다.

노아는 어렸을 적 어머니가 해준 이야기를 떠올렸다. 꿀을 팔기 위해 도시로 가는 두 양봉업자의 이야기였다. 한 명은 많은 양의 꿀을 싣고 천천히 마차를 몰다가 가는 길에 꿀이 이미 상해버렸고, 한 명은 적은 양의 꿀을 싣고 빠르게 가다가 그만 흔들리는 마차 때문에 꿀 항아리가 다 깨져버려 결국 둘 모두 꿀을 팔지 못했다는 내용이었다.

어머니는 일의 우선순위가 중요하다는 메시지를 전달하고 싶었겠지만, 노아는 그런 교훈 대신 '불가항력 앞에 인간의 선택은 무의미하다'는 교훈을 받아들였다. 적당한 적재량과 속도로 갈지라도 대비하지 못하는 일은 또 일어날 것이다. 길에 곰이 나올 수도, 도시에 도착했는데 다른 마을의 양봉업자가 선수를 쳤을 수도, 도시에 달콤한 맛을 금지하는 왕명이 내렸을 수도 있다.

노아는 늘 어느 정도 이런 태도를 내면화하고 살아왔지만 이번만큼은 과거의 어머니의 의도대로 이야기의 본래 교훈을 받아들여 보기로 했다. 이 사건은 우선순위의 문제가 맞았다. 노아는 관리자의 말을 떠올렸다.

우리가 기대하는 멸망들

"전 누구보다도 캠프가 정상화되길 바랍니다."

실종 사건은 문제의 본질이 아니었다. 캠프는 더 큰 문제를 앓고 있었고, 관리자는 그 사실을 알았지만 자신의 힘으로 해결할 수 없다고 생각한 게 분명했다. 그는 노아를 떠보고 있었다. 캠프의 문제를 해결할 의지가 있는 인물인지 아님 그냥 교정부의 행정 처리를 대리하는 또 다른 사람인지 판단이 안 선 것일 테다.

이 가설을 확인하기 위해 노아는 화를 가라앉히고 근처 의자에 앉아 캠프의 내부 인트라넷 공간에 침투했다. 센티넬 프로그램에게 발각되거나 파이어월을 건드린다면 아무리 임플란트 뇌라도 손상을 피하기 어려울 것이다. 파이어월을 우회해 겹겹이 쌓인 코드들을 뚫고 가야 했기 때문에 섬세함이 요구되는 작업이었다. 감사관 트레이닝 교관은 이 과정을 설명할 때마다 '휘파람으로 동요 한 곡을 정확한 음정으로 불면서 동시에 전속력으로 내달리는' 이미지를 상상하라고 했지만 노아는 달린다는 비유에 동의할 수 없었다. 노아는 넷 공간을 체온과 비슷한 온도의 바다처럼 편안하게 느꼈기 때문에 늘 헤엄치는 이미지를 떠올렸다.

하지만 피서지 바다에서처럼 물장구를 치고 있을 여유

는 없었다. 센티넬 프로그램이 이상을 감지하고 다가오고 있었기 때문에 그는 얼른 캠프의 대외비 문서 몇 개를 다운로드하고 접속을 끊었다. 다행히 뇌가 튀겨지지 않고 빠져나왔지만 디코딩을 다 마치고 다운로드한 게 아니어서 아직 암호화된 정보가 많았다.

문서에 따르면, 예상대로 소장은 시설의 대략적인 운영만을 담당하는 고용 경영인 같은 존재였다. 시뮬레이션 교정은 교정부의 알려지지 않은 직속 부서가 담당했고, 그 부서는 어떤 연구를 진행하고 있었다. 노아는 잘하면 양봉꾼이 꿀을 팔 수도 있겠다고 생각했다.

"무슨 일이 있어도 저놈들 말은 믿지 마."

현진은 감사관과의 심문을 끝내고 난 밤에 부모가 한 말을 떠올리며 잠을 뒤척였다. 현진의 부모는 오늘 현진이 그랬듯이 늘 세상을 기만하고 있었다. 그들이 달라진 세상을 견디려면 그 방법밖에는 없었다. 집 밖에서는 감정을 꾹꾹 눌러 사람들과 웃으면서 악수했지만, 집 안에 들어와서는 악수한 손을 씻었다. 정상주의가 조금씩 타파되었다는 뉴스를 들을 때마다, 소수자가 주연인 영화나 가상현실

서사를 볼 때마다 그들은 욕지거리를 내뱉고 고개를 저었다. 그건 그냥 개인적인 분노가 아니라 세상에 대한 진심 어린 걱정이었다.

현진은 그런 부모를 볼 때마다 말로 다할 수 없을 만큼의 어색함을 느꼈다. 가끔 현진은 본인의 부모가 지구로 유배당한 외계인이며, 자신은 DNA 조작으로 태어난 가짜 인간일지도 모른다고 생각했다. 부모가 남들과 다르다는 점을 학교를 다니면서부터 깨달았다. 선생님과 친구들이 자신이 배운 것과 정반대로 말하고 있다는 사실을 알고, 현진은 그냥 조용한 아이가 되기로 했다.

현진의 부모는 결국 교정 캠프에 수감되었다. 새로 이사 온 이웃의 집 문 앞에 저속한 욕설을 써 붙였기 때문이었다. 현진은 이웃 커플이 게이이거나 흑인 둘 중 하나이기만 했어도 부모가 참을 수 있었을 텐데 하고 몰래 킥킥대면서도, 부모의 신념이 세상의 상식과 동떨어져 있음을 설명하는 역할을 자신이 맡지 않아도 된다는 사실에 안도했다. 부모가 교정 절차를 마치고 집으로 돌아왔을 때 문제는 복잡해졌다. 어머니는 완전히 다른 사람이 되어서 돌아왔지만 아버지는 전혀 바뀌지 않았다. 캠프는 아버지를 교정하는 데 실패했다.

성공적으로 반차별 의식을 내재화한 어머니와 정상주의자 아버지는 서로를 못 견뎌했다. 서로를 세뇌당한 사람이라고 몰아붙이는 날들이 계속되자 아버지는 결국 현진에게 '지옥 같은 세상을 자식에게 경험하게 할 수 없다'며 아무도 찾지 못하는 산속에 들어가 살자고 했다. 현진은 이를 거부했다. 야만인 아버지와 자연에서 살든 교화된 어머니와 사회에서 살든 극복하지 못할 괴리감을 평생 짊어지는 건 마찬가지였다. 그렇다면 적어도 문명의 혜택을 누릴 수 있는 쪽이 좋았기 때문에 결국 아버지는 혼자 떠났다.

현진의 선택에도 불구하고 얼마 지나지 않아 어머니 또한 짧은 편지를 남기고 종적을 감췄다. 편지에는 언젠가 자신이 딸을, 혹은 딸이 자신을 혐오할지도 모른다는 생각을 떨칠 수 없어서 떠난다는 말이 적혀 있었다.

부모를 향한 원망과 분노는 모순적이게도 부모가 가르친 신념의 땔감이 되었다. 차라리 교정이 부모 모두에게 실패하든가, 모두 성공하든가 둘 중 하나라면 그래도 이렇게는 안 되었을 텐데. 마음 약한 반차별주의자들과 어중간하게 유능한 파시스트들에 대한 원망이 계속되면서, 역시 소수자들에게도 뭔가 탓할 게 있긴 있다는 믿음으로까지 이어졌다. 이건 일종의 자기실현적 예언이 되었다. 부모가 가르친 정상주의를 내면화하지는 않았어도 현진을 둘러싼 혼란스러운 환경은 결과적으로는 그를 정상주의자로 길러내고 말았다.

현진이 캠프에 온 건, 같은 반 가장 친한 친구와 말다툼을 하다 내뱉은 성기 환원주의적인 욕설 때문이었다. 진심은 아니었지만 항상 그렇듯이 의도는 별로 중요하지 않았다. 생생히 실재하는 건 의도가 아니라 결과였다. 그 친구는 충격으로 학교에 일주일 동안 나오지 않았다. 현진은 그 적대감 때문에 심화반에서도 유명한 아이였고 마치 세상의 기대에 부응이라도 하려는 듯 더 삐딱 선을 탔다.

그러다가 인서를 만났다. 인서는 자신이 싫어한 것을 다 갖춘 존재였다. 인서는 캠프 교육을 순순히 따라가는 모범생이었고, 언제나 상냥했으며, 무엇보다 자신과 같은 콘이었다.

인서는 온건한 정상주의자 부모의 말을 곧이곧대로 믿어온 아이였다. 인서가 캠프의 온 이유는 간단했다. 중학교 수업 시간에 빈자가 '부지런하지 않아서' 가난한 게 아니라는 수업 내용을 도저히 받아들이지 못했기 때문이었다.

보통 교육기관에서 시민 윤리를 배우는 과정에서 학생에게서 다소 정치적으로 올바르지 못하거나 사회구조적 맥락을 이해하지 못한 언행이 발견될 경우, 이는 처벌에서 제외되고 학습의 일부로써 받아들여지기 마련이었다. 하지만 인서는 한 학기가 가도록 그 시선을 고수했고 선생님은 이를 당국에 보고하고 말았다. 그 교사로서는 시민의 의무를 다 한 것이다. 인서의 부모는 이 일로 약식 처벌을 받았다.

인서는 심화반이 아니었지만, 상담 세션 순서가 현진의 바로 전이라 둘은 우연히 얼굴을 트게 되었다. 처음 현진이 인서를 알게 된 건, 인서가 상담이 끝난 직후에 우는 모습을 보고 나서였다.

현진은 상담 후 그런 반응을 하는 교육생을 본 적이 없었다. 그가 봐온 시뮬레이션 직후 과몰입 부작용은 보통 분노였다. 그 정도만 좀 달랐을 뿐이다. 조금 가라앉은 기분을 느끼는 사람도 있었지만 그건 캠프의 커리큘럼을 따라가는 과정에서 점차적으로 따라오는 우울감이었지, 시뮬레이션을 끝내자마자 강렬한 슬픔을 드러내는 경우는 많이 없었다.

현진은 순전히 호기심에서 인서에게 우는 이유를 물었지만, 인서는 잘 대답하지 못했고 대화는 거기서 끝났다. 그리고 인서는 그 후에도 상담이 끝날 때마다 눈물범벅으로 방을 나왔고 그때마다 현진은 같은 질문을 반복했다. 인서는 여전히 자신이 우는 이유를 명확히 설명해 내지 못했지만 세 번째 만남에서 둘은 그 질문 이상의 대화를 나누게 되었다.

인서는 모범생답게 캠프에 온 것을 잘 받아들이고 있었다. 심지어 나가면 부모님에게도 캠프 교정을 권해야겠다는 생각까지 하고 있었다. 현진은 인서의 그런 순진한 태도를, 자신도 쉽게 설득되고 남들도 쉽게 설득할 수 있다는 발상을 혐오했다. 진실된 마음으로 끈기 있게 대화를 나눈다면 서로를 이해할 수 있다는 믿음. 그게 가능했다면 두 부모에게 각각 버림받는 경험이나 시뮬레이션으로 타인의 삶을 억지로 욱여넣는 일 같은 건 있어선 안 되었다. 현진은 그렇게 믿는 편이 마음이 편했다.

이해하지 못할 것을 계속 이해하고 싶은 마음이었는지, 혹은 자신이 인서를 흥미롭다고 느끼는 만큼 반대로 인서도 자신을 그렇게 보기를 바라는 마음이었는지 몰라도, 현진은 인서와 시간을 보내는 일이 많아졌다. 이해하기 힘든 것을 마주했을 때 사람은 때때로 자신의 본래 모습을 잊기 마련이었다. 그리고 나중에는 인서의 낙천적인 천성에 묘한 안락함까지 느끼기도 했다. 그런 감정은 캠프에서, 그리고 콘 사이에서는 찾아보기 힘든 미덕이었다.

그렇기 때문에 현진은 인서가 더욱 그리웠다. 그는 나중에서야 인서가 왜 상담 때마다 울었는지를 알게 되었다. 인서는 시간이 갈수록 시뮬레이션용 자아에서 빠져나오지 못했고 심한 경우에는 다른 말투로 말하기도 했다. 화한 번 내지 않았던 인서가 세상이 너무하다고 한탄했다. 놀랍게도 그건 본인의 삶, 현대 정상주의자의 삶에 대한 억울함이 아니었다.

그건 호모섹슈얼 시크교도 남성과 유대 하디시즘 공동체 비혼주의자 여성의 삶이었고, 왕을 도저히 사랑할 수 없었던 한제국 왕비의 삶이면서, 대전 상대를 사랑했던 카르타고 출신 검투사의 삶이자 산업혁명 시기 방직 공장에서 착취당하던 열두 살짜리 영국 소년의 삶이었다. 모두 인서가 경험한 시뮬레이션의 세팅이었지만 실제로 존재했을지도 모르는, 그리고 분명히 모두 인서의 자아의 일부가 되어버린 사람들이었다. 아무리 극렬 정상주의자 테러리스트라도 이 정도로 많은 시뮬레이션을 경험한 사례는 없었다. 많은 삶을 경험한다고 한들, 그들에게는 교화가 아니라 고문일 뿐이었다.

게다가 인서는 이미 기꺼이 교화 과정을 받아들일 준비가 되어 있을 정도로 순종적인, 자아정체성이 희미한 미성년자에 불과했다. 현진은 캠프 프로그램이 무언가 잘못되었다는 걸 알았지만 자신이 할 수 있는 일이라곤 힘들어하는 인서를 다독이는 일뿐이었다. 면담 후 녹초가 되어 눈물을 쏟아내는 인서를 보고 현진은 화가 나기보다 미안함을 느꼈다. 불가역의 세상에서 퇴보를 택했다는 혐의가 자신을 괴롭힐 때마다 현진은 자신의 혐오적 태도는 그저 위악일 뿐이며, 위악이 아닐지라도 자신이 이런 태도를 지니게 된 것은 정상주의자 부모의 탓이라고 책임을 세상에 돌려왔기 때문이었다. 결국 아득바득 고수해 온 그 적대감이 인서를 힘들게 한 원인이나 다름없었다.

그러나 현진은 과거는 선택하지 못해도 친구에게 상처를 줄지 말지는 분명히 선택할 수 있었다. 그랬기 때문에 그날 밤 인서를 도망치게 했다. 현진은 노아와의 면담에서 주방에서의 소음을 듣고 난 후에 그쪽으로 갔다고 증언했지만 그건 사실과 달랐다. 자아가 생기면서부터 냉소는 늘 현진의 비밀스러운 친구였고, 현진은 때에 따라 자신의 냉소를 연막처럼 사용하곤 했다. 때문에 노아와의 면담 때 현진이 속이 보이는 도발과 사소한 거짓말을 했다고 해도, 결국 권위에 적대적인 흔한 사춘기 콘 정도로 보일 뿐이었다. 그날 밤 주방에는 세 명이 있었다. 덕윤과 현진과 인서.

최덕윤은 나긋나긋한 사람이었지만 얘기를 나눌수록 기분이 상하는 사람이기도 했다. 덕윤은 반세기 전 정상성 회귀 도그마를 이끌었던 종교의 숨은 신봉자였다. 이웃의 사랑을 말하는 교리로 시작된 종교지만, 그 종교의 신자들은 어느새 가장 유독한 체제 유지자가 되어 있었다. 덕윤 같은 부류는 그 안에서 흔했다. 상냥한 말투에 의지가 되는, 하지만 언제든 신의 대리자가 되어 함부로 타인의 죄를 심판할 권리가 있다고 생각하는 사람들. 현진은 이런 부류가 과거 성애적 대상으로 낭만화되기도 했던 시대가 있었다는 사실이 도저히 믿기지 않았다.

덕윤은 그런 단정적인 성향 때문에 온갖 삶을 짊어진 인서와는 궁합이 좋지 않은 존재였다. 그가 사람을 위로하는 방식은 이랬다. 인간의 고난은 모두 신이 부여한 것이며, 이를 개인이 충분히 이겨낼 수 있다는 것. 하지만 덕윤은 많은 맥락맹들이 그렇듯 그 고난들이 실은 신이 아닌

인간이 만든 발명품이며, 이 몰이해가 고통스러워하는 당사자를 더욱 괴롭게 한다는 사실을 이해하지 못했고, 따라서 결과적으로 책임과 권리를 신에게 양도하는 태도가 결국 세상에 아무 보탬도 되지 않는다는 점도 알지 못했다.

이제 그 종교의 오독된 가치들은 자취를 감췄고 덕윤 또한 포교를 시도하지는 않았지만, 그날 주방에서 우연히 마주친 덕윤은 여전히 징그러울 정도로 일관성 있게 인서를 위로했다. 전에도 비슷한 일이 있었다. 울고 있는 인서에게 덕윤이 위로를 하려 다가오면 현진은 늘 비아냥거리면서 꺼지라는 눈치를 줬지만 그는 아랑곳하지 않고 성자 행세를 이어갔다. 그럴 때면 인서는 언제나 정중하게 덕윤을 밀어냈다.

그러나 그날 밤 덕윤은 평소보다 더 둔감했는지 냉장고에 있던 오렌지 주스를 따라 마시며 충고와 위로를 멈추지 않았다. 덕윤의 말 한마디 한마디가, 그리고 그가 중간중간 주스를 홀짝이는 소리가 인서의 신경을 조금씩 긁었다. 인서는 더 이상 못 참겠다는 듯 소리를 질렀다.

'제발 입 다물어!'

현진은 들고 있던 잔을 떨어뜨렸다. 그건 화를 내는 인서의 모습이 낯설어서가 아니었다. 덕윤의 몸이 마치 건조한 모래로 빚은 것마냥 분해되고는 고운 입자가 되어 흩어졌기 때문이다.

✧

캠프의 선임 연구원 한유승은 얼마 전까지 골머리를 앓고 있었다. 예산과 일정은 빠듯한데, 상부에서는 결과를 내라고 압박하고 있었다. 그렇다고 김 소장에게 우는소리를 늘어놓거나 다른 요구를 할 수도 없는 노릇이었다. 상부에서 김 소장 몰래 연구를 진행하라는 지시가 있었기 때문이었다. 유승에게는 공기업에서 일을 하고 있는데도 죄를 짓는 기분이 든다는 게 가장 큰 스트레스였다.

교정부가 서두르는 데도 나름대로 이유는 있었다. 안정적인 사회가 마침내 도래했다는 당국의 발표와는 달리 네오 정상주의자의 레지스탕스 점조직은 갈수록 지하에서 세력을 넓혀가고 있는 상황이었다. 교정부는 기존의 교정 방식으로는 혐오 세력의 확산 속도를 따라잡지 못한다고 판단했고 공감을 물리적으로 강제하기 위해 교화생들의 뇌에 외과적인 변형을 가할 각오가 되어 있었다.

하지만 그 전에 공감을 어떻게 정의할 것인지, 또 공감이 어떻게 이루어지는지부터 이해하는 것이 먼저였다. 안

일한 교정부의 관료들조차도 시뮬레이션 교정이 본질적인 해답이 아니란 것은 알았다. 같은 경험을 공유해도 누구는 공감에 도달했고, 누구는 실패했다. 같은 경험을 공유하지 않더라도 혐오하던 타인과 공감하고 공존할 수 있게 되는 경우도 있었다.

그러니까 그들이 유승에게 지시한 연구의 목적은, 뇌의 어떤 작용이 공감의 조건을 만들어내는가를 규명하는 것이었다. 과거 진화심리학에서도 비슷한 연구가 있긴 했다. 하지만 차별을 합리화하고 조장해 왔던 과거 연구들과는 달리, 유승의 실험은 타인의 경험에 깊은 공감을 달성한 뇌가 과연 어떤 파장을 만들어내는지를 규명하는 신경 과학의 영역에 속했다. 교정부 일부 간부에게 캠프는 교화, 교육 시설이 아니라 실제 자아와 시뮬레이션 자아의 수준 높은 동기화가 가능한 뇌를 찾기 위한 거름망이나 다름없었다.

사실 유승은 본인이 이 실험을 주도하면서도 그 목표에 대해서는 회의적이었다. 그는 소수자에 대한 혐오와 차별을 없애기 위해 모두가 깊은 공감에 도달할 필요는 없고, 그저 드러나는 차별적인 행동에 대해서만 단호한 조치를 취하면 된다는 입장이었다. 그는 누구보다 정상주의를 혐오하는 사람이었지만, 정상주의를 완전히 박멸하려는 시도나 관념 자체가 정상주의를 끈질기게 유지시키고 있다는 것도 알았다. 그 사실을 깨닫는 데에 실력 있는 신경학자로서의 통찰은 필요 없었다. 당장 수많은 교화생이 그걸 증명하고 있었다.

교화생을 면담해 보면 그들의 신념은 대단한 철학이나 논리가 없었고 순전히 관성으로 유지되고 있을 뿐이었다. 무엇보다 시뮬레이션 자아와 높은 동기화율을 꾸준히 유지하는 케이스는 거의 찾기 어려웠다. 시뮬레이션 가동 중에는 다들 적당히 높은 수치가 나왔지만 접속이 끝나면 그 수치는 금방 예전으로 돌아왔다. 유승은 교정부가 조급증이 났다고만 생각했고, 그저 이 기회를 통해 진정으로 진행하기를 원하는 본인의 다음 연구에 예산을 쉽게 배정받을 수 있기만을 원했다.

그러다가 최근 돌파구가 보이기 시작하면서 유승은 믿지도 않았던 학설의 지지자가 되어가고 있었다. 시뮬레이션 자아와의 동기화 효율이 역대 최대치면서 시뮬레이션 이탈 후에도 동기화를 계속 유지하는 정인서가 나타났기 때문이다. 정인서는 모범 교화생으로, 부모가 아니었다면 캠프에 들어올 일이 없었을 아이였다.

시뮬레이션이 종료된 후에 교화생들은 가상의 삶에서 차별을 경험하면서 어떤 감정을 느꼈는지 같은 질문에 답을 해야 했다. 그런 질문들은 본래 시뮬레이션 자아를 향한 몰입과 탈몰입을 용이하게 해 교화에 이르게끔 하는 장치였다. 하지만 인서에게는 시뮬레이션 시 겪었던 차별과 배제의 감각에 더 집중시켜, 시뮬레이션 자아와의 일체감을 유지하고 강화하는 질문들만이 이어졌다.

유승이 인서를 택한 이유는, 인서가 16세기 이탈리아 소도시 출신의 창부의 삶을 시뮬레이션으로 경험한 직후 면담에서 보여준 태도 때문이었다. 문답 내내 인서는 가상 자아와의 깊은 공감을 보였다.

"사람들이 널 뭐라고 불렀니?"

"귀머거리 창녀라고 불렀어요."

"그런 말을 들었을 때 기분이 어땠어?"

"슬프다기보다는 힘이 죽 빠졌어요. 틀린 말은 아니었거든요. 실제로 저는 농인이었고 몸을 팔아 생계를 유지하고 있었으니까요. 그런데 그 사실 자체가, 내가 선택하지 않은 삶 자체가 잘못이고 죄인 것처럼 대하는 남들의 태도가 싫었어요."

"그럼 그걸 잘못인 것처럼 말하지 않았다면 괴롭지 않

았을까?”

“글쎄요. 생각해 보니 선택지가 없다는 게 문제였어요. 남편은 전쟁에 나갔다가 죽었는데 새로 온 영주에게 낼 세금은 더 늘었고, 자식 다섯 명 중에 가장 나중에 태어난 아이는 몇 번 울어보지도 못하고 죽었어요. 집에는 더 이상 팔 게 남지 않았고, 과부는 재수 없고 귀머거리가 자기 입술을 바라보는 게 싫다는 이유로 저는 아무 일도 할 수 없었어요. 고작 일주일만 체험했고 매춘은 직접 겪지도 않았지만 사실은 시뮬레이션을 중지하고 싶었어요.”

“그만둘 수 있었는데 왜 그러지 않았지?”

“조금만 참으면 확실히 끝난다는 걸 아니까요. 그리고 이 삶을 조금 더 보고 싶었어요.”

“왜? 그렇게 괴로웠다면서.”

“이 사람의 삶에 고난만 있지는 않을 거라고 믿고 싶었거든요. 뭔가 더 있을 거라고. 그게 아니라면 무척 슬프니까요.”

“그래서 뭔가 건졌니?”

“네. 여름밤에 선선한 바람이 피부에 닿으면 느껴지는 기분 좋은 살랑거림이나, 길거리 광대의 익살에 나도 모르게 터져 나오는 웃음 같은 것들이 있었어요.”

"그럼 좀 위안을 받았겠구나."

"아뇨. 그런 건 이 사람의 삶을 더 실재같이 만들기만 했어요. 그러니 절망감도 더 생생해졌어요. 시뮬레이션이 끝난 지금도 생생해요. 제가 지나간 자리에 침을 뱉던 사람들, 저를 동정하지만 가까이할 수 없다던 촌장의 눈빛, 제가 낳지도 않았는데 저를 바라보며 배를 곯던 아이들의 울음소리."

인서의 머리에 씌워진 뇌전도 장치에 따르면 그의 뇌파는 다른 교화생들과 비교가 안 될 정도의 동기화율을 보여주었다. 인서는 시뮬레이션 속의 중세 여인을 이미 살아 있는 인간처럼 대하고 있었다. 그 말은 인서의 뇌파를 다른 정상주의자들의 뇌에 강제로 재현하기만 한다면 그들을 즉각적으로 교화할 수 있다는 뜻이었다.

하지만 한유승은 인서를 더 밀어붙이고 싶었다. 사람의 정신은 안정을 찾기 위해 언제든지 쉬운 길을 택하는 법이니까. 직접 영화를 보거나 음악을 듣기보다 다른 사람들의 반응을 구경하는 콘텐츠가 과거에 유행했던 것도, 정상주의자들이 득세했던 이유도 이와 비슷한 맥락이었다. 하지만 그런 세상에서 억압당한 사람들이 서로 연대를 유지할 수 있었던 것도 역시 이런 인간의 특성 때문이었다. 인간은 언제나 동화되기 쉬운 주변에 둘러싸여 용기와 안정을 얻었고, 공감의 주체보다는 객체가 되길 원했다.

타인을 본인과 같은 인간으로 대하는 것은 어떤 면에서는 자신의 안온을 포기해야만 도달할 수 있는 상태였다. 그래서 타인에 대한 이런 평등과 공감은 이전 시대에도 당위로서 존재했지만, 실제로 행하는 사람들은 그리 많지 않았다. 그러니까 인서의 뇌는 보기 드물게 어려운 길을 택하고 있었고, 한유승은 인서가 계속 그 상태를 유지하기를 원했다.

유승은 인서에게 동정심을 느끼기는 했지만, 인간의 폭력적인 역사에 종지부를 찍고 차별의 고리를 단번에 끊을 수 있는 지름길을 자신이 발견했다는 거대한 생각에 사로잡혔다. 원하는 수준의 동기화를 이끌어내기 위해서는 인서의 불편한 감정을 더 건드릴 변수가 필요했다. 덕윤은 다루기 쉬운 상대였다. 유승은 덕윤의 시뮬레이션에 '핍박 받는 순교자' 세팅을 설정했다. 그건 덕윤이 가장 욕망하는 삶이었기 때문에 교화에는 전혀 도움이 되지 않았다. 그리고는 상담 세션에서 그에게 선명한 메시지를 전했다.

"너만의 방식으로 타인에게 힘이 되어주렴. 요즘 인서가 많이 힘들어 보이던데, 너라면 분명 도움이 될 수 있을 거야."

⎯✦⎯

현진은 점심시간에 야외 정자에 앉아서 캠프에 있다는 사실이 이제는 신경도 안 쓰인다는 듯 골똘히 생각에 잠겼다. 인서가 떠나던 그날, 현진은 인서의 손바닥에 백도어 채널의 주파수와 접근 코드를 적어주었다. 아버지가 어렸을 때 만든 레지스탕스 전용 채널의 주파수였는데, 그 레지스탕스 지부는 오래전에 소탕되어 현재는 사용되지 않고 있었다. 가끔 어떤 말들이 오가는지 궁금해서 접속하면 들리는 것이라곤 노이즈밖에 없었다. 그렇기 때문에 현진은 인서와의 연락 방법으로 이 채널을 택했지만, 캠프에 있는 현진에게 통신 디바이스가 없다는 문제가 있었다. 캠프에 설치된 모든 통신 장치들은 도청되고 있을 테고 교화생에게는 개인 통신기기가 허락되지 않았다.

현진이 어떻게 디바이스를 구할지 궁리하고 있는 차에 노아가 다가왔다. 현진은 놀랐다는 티를 숨기기 위해 적개심으로 온몸을 감았다. 반면 저번 면담보다 여유로워 보이는 노아는 야생 동물에게 적의가 없음을 알리려 다가가는 생태학자처럼 조심스러웠다. 노아는 홀로그램 영상을 손바닥 위에 띄워 보여줬다. 상담 세션 후 인서를 달래고 있는 현진의 모습이었다.

"네 거짓말을 추궁하려는 게 아니야. 단지 거짓말한 이유를 알고 싶을 뿐이지."

"울고 있는 아이를 달래는 데 특별한 친분이 필요하진 않잖아요."

"네가 알고 있을지는 모르겠지만 지금 맥박이 빨라졌어. 이런 상황을 예상하지는 못했다는 뜻이겠지. 그리고 너처럼 똑똑한 애가 그걸 몰랐다는 건 신경 써야 할 다른 일이 많다는 뜻이겠고. 나는 네가 인서와 가까운 사이였다는 것도, 이 캠프에 문제가 있다는 것도 알아. 인서가 이 캠프에 의한 피해자라면 돕고 싶을 뿐이야."

"말은 그렇게 해도 결국 감사관님도 교정부에서 파견된 사람이잖아요?"

"어떻게 하면 날 믿을 수 있겠니?"

"온갖 기술이 적용된 그 기계 몸으로 알아낸 정보를 저에게도 알려줘요."

"정보를 교환하자는 거야?"

"캠프에 문제가 있다면, 누구보다도 제가 먼저 알아야 하지 않나요? 댁들이 그렇게 주구장창 말하는 '당사자주의'에 따라서요."

"그럼 서로 알고 싶은 것들을 정리해 보자. 난 정인서와 최덕윤이 왜, 어디로 사라졌는지, 그리고 캠프가 이번 사건에 조금이라도 책임이 있는지를 알고 싶어. 너는?"

현진의 경계심이 이전보다는 낮아진 것 같았지만 완전히 사라지지는 않았다. 노아는 오히려 그런 신중한 모습 덕분에 현진을 신뢰하게 되었다. 이번엔 노아가 배팅을 할 차례였다.

"좋아, 캠프에서 얻은 내 기억을 그대로 전달할게. 네가 내 연산능력을 이용한다면 며칠 동안의 기억을 몇 분 만에 다 읽을 수 있을 거야. 이걸 네 생체 포트에 연결해."

캠프의 교화생들은 입소 시 시뮬레이션 교정을 위해 뇌와 직접 연결되는 생체 포트를 뒤통수에 시술받았다. 포트가 있다는 것 자체가 교정캠프에 수감된 이력이 있는 정상주의자라는 낙인으로도 작용했기 때문에 이중 징벌의 효과가 있었다.

현진은 노아가 건넨 뇌전도 연결선을 전달받고 자신의 포트에 꽂았다. 짧은 시간 동안 막대한 정보를 받아들이는 탓인지 현진의 얼굴은 경련이 이는 것처럼 보였지만, 실은 온갖 감정들이 표정으로 재현되고 있는 중이었다. 그 표정들은 대체로 부정적인 감정들을 나타내고 있었기 때문에 이를 지켜보던 노아는 어린 콘에게 연민이 들었다.

　노아는 콘으로 태어나지는 않았지만 자신이 선택하지 않은 삶에 관해 잘 알고 있었다. 노아는 자신의 어머니들이 그랬듯, 자신 또한 현진을 몰아붙이고 있는 건지, 선택지가 있다는 환상을 제공하면서 그에게 무언가 강요하고 있는지 혼란스러웠다. 그런 혼란스러움은 초 단위로 변하는 현진의 얼굴에도 나타나고 있었다. 현진의 얼굴 근육은 그 자체로 언어인 것처럼 명백하게 경멸과 무력감을 보이고 있었지만, 그중에서 제일 지배적인 감정은 죄책감이었다.

현진은 눈물을 쏟으며 자신의 관자놀이와 연결된 뇌전도 연결선의 접속을 거칠게 떼어냈다. 노아는 주렁주렁 매달린 선을 다시 자신의 손목 안에 수납했다. 소매로 급하게 눈물을 닦아내는 현진에게 노아는 손수건을 건네며 기억을 보여준 자신의 도박이 효과가 있었음을 확신했다.

타인의 기억을 읽는 것도, 자신의 기억을 읽히는 것도 흔히 일어나는 일은 아니었다. 한쪽이 임플란트 신체를 가지고 있어야만 가능한 일이기 때문이기도 하지만, 사람들이 자기도 모르게 정상주의적인 말이나 행동을 흘리는 기억을 들킬까 봐 두려워하기 때문이기도 했다. 아무리 정상주의를 경계하는 세상이라도 누구나 그런 면이 있었다. 이전과 다른 점이 있다면, 누구나 결점이 있을 수 있다는 사실을 게으른 자기 체념적 평계로 땜질하기보다는, 대부분의 사람들은 그런 점을 부끄러워하며, 자신에게 남은 반인권적 인식이나 편견을 수정하려고 노력한다는 것뿐이다. 그렇다고 해서 들키고 싶지 않은 자신의 결점을 남에게 드러내는 게 달가운 경험일 리는 없다. 다만 노아는 어린 콘에게 위선자라고 손가락질받더라도 신뢰감을 주는 게 우선이라고 생각했다.

현진은 눈물을 쏟은 모습을 들킨 것이 민망한지 괜히 하늘을 바라보더니 상담사 한유승에 대해 욕지거리를 퍼부었다. 현진과 인서는 노아의 예상보다도 가까운 관계였던 것이 분명했다. 현진은 그날 밤에 일어난 일에 대한 자신의 면책을 보장할 수 있냐고 몇 번이나 물었다. 노아는 이때만큼은 자신이 다른 교정부 관료보다 더 큰 권한을 지넜다는 사실에 내심 안도하며 면책을 약속했다. 현진은 한 숨을 푹 쉬더니 주방에서 있던 일을 털어놓았다.

사람이 눈앞에서 사라졌다고 했다. 노아는 당연히 믿지 않았다. 심지어 어린 콘에게 신뢰를 사기 위해 애를 쓴 자신이 바보같이 느껴지기까지 했다. 현진도 당연히 그런 반응을 예상했다는 듯 자신의 기어를 훑어보라고 머리를 들이밀었다. 노아는 수납했던 선을 다시 꺼내 현진의 관자놀이 포트에 끼웠다.

현진의 기억은 이미지가 선명한 만큼 충격적이었다. 인서가 소리를 지르자 눈앞에 있던 최덕윤의 신체가 분해되어 사라졌고, 이 모든 일에 3초가 채 걸리지 않았다. 홀로그램과 컴퓨터 그래픽을 이용한 마술쇼에서 종종 비슷한 광경을 보기는 했지만 주방은 그만큼 정교한 홀로그램을 투사할 만한 공간이 없었다. 병기일 가능성도 있었다. 노아는 심해 가스 시추를 위해 암석 지층을 뚫으려고 물질을 완전히 분해하는 기술이 개발되고 있다는 말을 들은 적이 있었다. 하지만 주방 어디에도 그걸 실현할 만한 막대한 에너지원이나 에너지를 전달하는 장치가 보이지 않았다. 상황 속의 유일한 변인은 인서였다.

진실의 순간을 기대했던 노아의 머리가 복잡해졌다. 점

심시간 종료를 알리는 방송이 캠프 전체에 울리자 현진은 코를 훌쩍이며 자리에서 일어났다.

"최덕윤 같은 놈이 사라진 건 문제가 아니에요. 그딴 자식 아무도 그리워하지 않을걸요. 하지만 인서가 걱정돼요. 걔는 신경질을 조금 냈던 것뿐이었어요. 지금쯤 지친 몸으로 자신을 탓하고 있겠죠. 자신을 탓하는 데 지치면 그다음은 세상을 원망하겠죠. 신경질을 내는 것만으로도 사람을 사라지게 만드는 사람이 세상을 원망한다면 어떻게 될까요? 사실 전 인서가 만나는 모든 인간을 미워해서 다 사라지게 만들까 봐 걱정하는 게 아니에요. 인서는 애초에 자기를 좋아하지도 않는 세상의 눈에 들려고 애쓴 아이였어요. 그런 세상 망하든 말든 눈곱만큼도 신경 안 써요. 그치만 인서는 화가 날 때마다 계속 자기 탓을 하겠죠. 전 그게 싫어요."

노아가 처음 감사관 직책을 지망한다고 했을 때 기대한 업무는 교정부 내부에 있는 정상주의자 색출과 지리멸렬한 공문서 작성 정도였다. 미친 과학자가 만들어낸, 마음만 먹으면 사람을 죽일 수 있게 된 사춘기 콘 살인병기를 상대해야 하리라곤 꿈에도 생각하지 못했다.

통신 링크 팝업이 떠 노아의 귀퉁이 시야를 가렸다. 어머니가 보낸 메시지였다. 어머니들은 이미 나은 세상이 도래했다고 믿으면서, 이를 유지하기 위해 무슨 일이든 할 준비가 되어 있는 사람들이었다. 그리고 그 대의에는 가족의 삶을 낱낱이 전 세계에 전시하는 일이 포함되어 있었다.

지금의 현진이나 인서와 비슷한 나이였을 때 노아는 선전 방송이 힘겨웠다. 조금만 자극받아도 마구 흔들어 놓은 탄산음료처럼 감정의 거품을 내뿜는 시기. 피디는 노아의 성별 정체화를 방송에서 다루자고 제안했지만, 노아는 그걸 원치 않았다. 자신의 정체성에 확신이 없거나 부끄러워서가 아니었고 단지 자신의 성별을 단번에 확정 짓고 세상에 널리 알리는 것이 싫었을 뿐이었다. 그때 노아는 자신을 더 탐구하고 가능성을 열어두고 싶었다.

어머니는 용기를 준답시고 노아를 밀어붙였지만 그럴 때마다 상황은 더욱 엉망이 되었다. 오갈 데 없는 적대감을 뿜어내는 그런 자신의 모습은 대상화 없는 청소년의 다양한 삶의 면면을 보여주는 교보재로서 세상에 낱낱이 공개되었다. 어디에 가든 사람들이 자신을 알아보고 말을 보됐기 때문에 노아는 엄마가 늘어난 것처럼 느꼈다.

　나중 가선 노아의 두 엄마도 피로감을 감당하기 어려웠는지, 노아 나이 열다섯 때 모든 방송 활동을 중단하기로 결정했다. 두 어머니는 이를 딸과의 관계를 회복하기 위한 첫걸음이라고 생각했지만 그렇게 흘러가지는 않았다. 사춘기의 적대감은 사그라들었어도 양육자에 대한 실망은 계속 노아를 괴롭혔고, 결국 노아는 이른 나이에 독립하기로 했다.

　노아는 그러면서 삶에 많은 변화를 받아들였다. 방송 때문에 미뤄왔던 성별 정체화를 완전히 마쳤고 교정부 감사관 양성 코스에 들어갔다. 고통스러운 임플란트 이식 수술과 재활 과정을 견디면서까지 감사관이 되기로 한 이유는 간단했다. 차별을 없앤다는 거대한 대전제에 또 다른 착취가 기생하기란 아주 쉽다는, 근거가 확실한 불안감 때문이었다. 세상이 완벽할 수는 없지만, 적어도 시스템은 완벽을 지향해야 했다. 착취적인 기반 위에 세워진 이상향은 더 이상 이상향이 아니었다. 노아는 새로 새운 기반에 직접 돌을 얹고 싶었다.

　노아는 언제나처럼 어머니의 메시지를 무시했다. 노아 역시 마음이 좋지는 않았지만 완벽하지 않은 세상에 대한 실체 없던 불안감이 이제야 형태를 드러냈다는 사실을 무시할 수 없었다. 인서는 평생 갈 만한 트라우마를 매주 갱신하고 있는 십 대였고, 그렇기 때문에 흔들어 놓은 탄산음료보다 훨씬 위험했다. 인서를 찾는 게 급선무였다.

먼저 프로젝트의 책임자인 한유승의 신변을 확보해야 했다. 노아는 심호흡을 하고 자세를 고쳐 앉았다. 캠프 내부 인트라넷에서 한유승의 위치를 찾는 동시에, 교정부에 전국 망에 연결된 모든 폐쇄 회로 화면에 접근할 수 있는 권한을 요청하는 공문서를 빠르게 작성했다. 노아의 눈은 쉴 새 없이 깜빡였다. 모은 정보를 검토한 뒤 문서에 첨부하려는 찰나 노아는 멈칫했다. 아직 교정부의 어디까지가 이 실험에 관여했는지 모르는 상태에서 정보를 넘길 순 없었다.

그때 캠프 내 입실 기록 데이터베이스에 유승의 위치가 잡혔다. 미친 과학자를 대면할 차례였다.

현진은 유일한 애착 관계를 망쳐버린 비열한 위선자를 위해 자신을 비집고 나오는 분노를 아껴두고 있었다. 현진은 평생 캠프에서 지내는 것도 불사할 생각으로, 다음 교시에 예정된 젠더 디스포리아에 대한 수업을 듣는 대신 한유승의 개인 연구실 문을 두드렸다. 유승은 교화생들의 상담을 상시 진행하고 있기에 별 의심 없이 문을 열어줬다.

문이 열리자 현진은 직업 교육 시간에 빼돌린 부품으로 만든 조악한 전기 충격기를 들이댔다. 딸을 차세대 레지스탕스의 리더로 기르고자 했던 정상주의자 부모의 노력이 다시 한번 예상치 못한 곳에서 빛을 발하고 있었다. 출력을 시험하느라 개구리를 몇 마리나 태워먹은 물건이었다. 유승은 뒷걸음질치다가 자신도 모르게 의자에 걸려 푹 주저앉았다. 현진은 책상 위에 있는 홀로그램 단말기를 관자놀이 포트에 연결해 그날 밤 덕윤이 고운 입자로 흩어지는 당시 장면을 허공에 띄워서 유승에게 보여줬다.

"세상에…. 자율신경계로 향하는 파장을 아무리 증폭시켜도 개미 하나 움직일까 말까인데…. 이런 결과는 고의로 만들어지지도 않고 의도한 것도 아니야. 빨리 정인서를 찾아야…."

"그 애를 이렇게 만든 게 고의가 아니라고? 괴롭힌 건 고의였잖아."

"인서가 겪은 고통은 유감이지만 누군가는 겪어야 할 과정이었을 뿐이야."

"그걸 왜 인서가 겪어야 했던 거지?"

현진은 전기 충격기로 유승의 관자놀이를 짓눌렀다. 여차하면 스위치를 켤 기세였다. 밖에서 누군가 문을 쾅쾅 두드렸다. 노아였다.

노아는 캠프의 사물 인터넷을 해킹해서 문의 잠금을 해제하려 했지만, 한유승이 겹겹이 걸어놓은 바이패스가 일을 어렵게 만들고 있었다. 마음이 조급해진 건지 아니면 여전히 결백을 강변하는 유승의 눈에 괜히 울화가 치민 건지 현진은 전기 충격기로 유승을 기절시켰다. 그리고는 그의 옷을 뒤져 찾은 통신 디바이스로 인서에게 가르쳐준 채널에 접속했다. 인서의 이름을 수차례 불렀지만 아무 응답도 없었다.

그 와중에 노아는 밖에서 문의 잠금장치와 씨름 중이었다. 잠금장치의 해킹이 여의치 않았는지 노아는 기계 팔의 출력을 올려 문의 전자 걸쇠를 힘으로 부췄다. 노아가 들어옴과 동시에 디바이스에서 황망한 인서의 목소리가 들려왔다.

"현진아, 난 괜찮아."

인서는 현진이 가르쳐준 대로 큰길을 피해 숲길을 다니고 있었다. 녹지 사업의 일환으로 관공서 주변에는 반드시 일정 규모 이상의 삼림이 있어야 한다는 규정 덕분에 인서는 숲속에 몸을 숨길 수 있었다. 인서는 자신의 능력을 명확히 이해하기 위해 계속 그날 밤의 일을 떠올렸다. 자신이 소리를 질러서 덕윤이 사라진 것인지, 그렇다면 왜 다른 주변 물건이나 현진은 사라지지 않았는지, 자신의 속에 있던 강렬한 감정 때문인지, 분노 말고 다른 감정도 이 현상을 촉발할 수 있는지, 그게 맞는다면 소리를 지르지 않아도 발현이 되는지.

또 다른 피해자를 만들지 않기 위해선 능력의 조건을 이해해야 했다. 인서는 바위에게 소리를 지르거나, 주변 나무에 앉아 시끄럽게 울던 산비둘기를 노려보며 세상에 대한 모든 분노를 투사해 보기도 했다. 다행히 아무 일도 일어나지 않았다. 그렇지만 계속 실험을 진행할 수는 없었다. 감정은 통제할 수 없기에 까딱하다간 언젠가 호버 보드로 갑자기 앞에 끼어들어 인서의 어릴 적 등교길을 망쳤던 이웃집 꼬마를 가족 식사자리에서 사라지게 할 수도 있었다.

인서는 탈출할 때 챙긴 고열량 에너지바로 허기를 해결했다. 현진이 선반을 뒤져 마구잡이로 쓸어 담아준 것이었다. 인서는 일이 일어난 곳이 주방이 아니었다면 이것도 못 먹었을 거라며 애써 자신을 위로했다. 하지만 그것도 잠시였다. 이틀 만에 에너지바는 모두 떨어졌고 인서는 스멀스멀 올라오는 서러움과 비관보다는 이 허기를 어떻게 해결해야 할지에 집중해야 했다.

현진은 그날 밤 헤어지면서 꽤 적지 않은 돈이 들어있는 비밀 계좌가 연결된 카드를 인서에게 건네며 가장 가까운 정상주의자 레지스탕스 지부의 위치와 접선 방법을 알려주었다. 현진은 자신의 미래 레지스탕스 활동을 위한 아버지의 준비가 이런 식으로 쓰일 줄은 아무도 몰랐을 거라며 자조적으로 덧붙였다. 도주 사흘째 저녁이 되자 마침내 숲길의 끝이 보였고 현진이 말한 지부가 있는 마을이 나왔다. 캠프의 근무 인력을 주 고객으로 삼고 있는 작은 식당과 가게들이 띄엄띄엄 있는, 인적이 드문 동네였다.

숲길 가장 가까운 시냇물에서 대충 세수를 하긴 했지만 긁힌 상처, 흙투성이의 흰 교화복은 수상할 수밖에 없었다. 인서는 가까운 인가에 널린 빨랫감 중에 최대한 몸의 많은 면적을 가릴 수 있는 긴 담요를 훔쳐 숄처럼 어깨에 둘렀다. 언젠가 패션 잡지에서 이렇게 입은 사진을 보지 못했다면, 그리고 이런 상황이 아니었다면 엄두도 내지 않았을 스타일이었다.

현진이 가르쳐준 주소에 당도하자 허름한 온면집 식당이 있었다. 인서는 거기가 비밀 아지트든 아니든 상관없었다. 몸을 데워줄 따뜻한 국수 한 그릇 생각만이 간절했다. 아직 채 마르지 않은 섬유로 온몸을 덮은 인서는 온면 한 그릇을 주문하며 현진이 가르쳐준 대로 요청사항을 덧붙였다.

"온면은 면이 국물에 자박하게 잠기게, 하지만 고명은 국물에 닿지 않게 부탁합니다."

인서와 비슷한 나이로 보이는 종업원은 주문을 받고는 의뭉스러운 표정을 짓고 주방으로 갔다. 주방에서 소년이 주문을 전하자 요리사가 믿기지 않는다는 얼굴로 재차 주문을 확인했다. 분위기로 보아 요리사는 식당의 주인이자 소년의 아버지 같았다. 소년은 육수를 홀짝거리는 인서를 힐끔거렸다.

얼마 지나지 않아 주방장이 꽤나 긴장한 표정으로 주문한 음식을 직접 가지고 나왔다. 주방장은 요리 그릇을 테이블에 놓고도 가지 않고 옆에 한참 서 있다가 다시 주방으로 돌아갔지만 인서는 아랑곳하지 않고 면을 후루룩 삼켰다. 소년이 식탁 근처에 다가가려 하자 주방장은 아들의 귀를 잡아당기며 신신당부했다. 마치 인서가 높은 사람이라도 되는 양 잔뜩 긴장한 상태였다. 종업원은 심각한 얼굴로 인서의 맞은편 의자에 앉았다.

"암호는 어디서 들었지?"

인서는 우선 국물을 입안 가득 들이키고는 자초지종을 설명했다. 자신이 누구인지와 캠프에서 경험한 과도한 시뮬레이션 교정, 캠프에서 도망친 일, 이 모든 정보를 알려준 현진. 하지만 도망친 이유에 대해서는 대충 둘러댈 수밖에 없었다. 생각만으로 증거가 안 남는 살인이 가능하다는 말은 누구라도 믿기가 어려웠기 때문이었다. 조금 관점을 달리한다면, 누군가에게는 절실하게 믿고 싶은 말이기도 했다. '파시스트 정권이 정상주의자를 탄압하기 위해 인체 실험을 자행한 결과 인간을 무기화했다'는 사실은 정상주의자 레지스탕스들에게는 반차별주의 정권의 위선과 이중성을 고발할 수 있는 사건이자 강력한 프로파간다로 이용할 수 있는 무기였다.

하지만 인서는 이들의 운동에 보탬이 되고 싶진 않았다. 게다가 허기가 사라지자 자신이 정상주의자의 소굴에

들어왔다는 사실이 인서를 엄습했다. 정상주의자의 아지
트는 인서에게 잠시 몸을 숨길 곳 그 이상도 그 이하도 아
니었다. 인서가 의혹과 적대감을 거두지 못하는 건 당연했
다. 시뮬레이션에서 겪은 고통은 아직도 인서를 괴롭히고
있었기 때문이다. 그들은 더 이상 시뮬레이션 속 스트레스
수치를 높이기 위한 데이터가 아니라, 실제로 해를 끼칠
수 있는 존재로 앞에 있었다. 게다가 이들이 그 적대감을
자극한다면 또 사람이 죽을 수도 있었다.

　반면 식당 주인의 아들은 마치 자신만 알던 음악을 듣는
친구를 처음으로 만난 것처럼 눈을 반짝였다. 도저히 정상
주의자 테러리스트로는 보이지 않는 앳된 얼굴이었다.

　"캠프를 탈출한 동지를 본 건 처음이야. 거기서 전향을
많이 당하던데 고생했어. 다른 지부와 접촉한 지는 꽤 됐
지만 우리 지부도 꾸준히 활동을 하고 있었지."

　"무슨 활동?"

　"아, 도시 출신인가 보네. 그럼 잘 모르겠구나. 아무래도
이런 곳은 감시가 덜하니까 전단지를 붙이거나 조심스럽
게 동지를 찾는 활동보다는 더 적극적인 운동을 전개하거
든. 다들 자기가 할 수 있는 일을 하는 거 아니겠어?"

　인서는 고개를 갸우뚱하며 소년이 하는 말을 들었다.

"우리 지부는 매달 두 명은 꼭 사냥하고 있지. 저번 달에는 남장 여자 가상현실 디자이너였고 하나는 맹인 정비사였던가?"

인서는 가슴이 철렁했다. 소년은 말을 이어갔다.

"나도 가상현실 디자이너가 꿈인데 언젠가 우리가 한 사냥을 이야기로 만들 거야. 요즘엔 도통 볼 만한 이야기가 없잖아. 그 년이 만드는 이야기도 그랬어. 캐릭터는 복잡하기만 하고 명쾌한 카타르시스는 없고. 난 정상주의자 동지들에게 용기를 주는 작품을 만들고 싶어. 움츠리고 살 사람들은 정상적인 우리들이 아니라 결핍을 자랑으로 여기는 나머지 놈들이라고."

소년은 어찌나 신났는지 입에서 나온 침이 인서가 먹은 빈 온면 그릇 안에 튀기까지 했다. 인서는 소년의 들뜬 얼굴에서 시뮬레이션 속의 사람들을 봤다. 영주에게 자신을 마을에서 쫓아내 달라고 빌었던 이웃, 애를 가지면 가족으로 받아주겠다던 남편의 가족, 자신의 성취를 지우고 축소하고 가로채는 동문과 스승. 가장 온정적일 때조차도 시혜적인 태도로, 결코 받아들이지 않을 검증을 요구하는 사람들. 인서는 소년의 얼굴에서 자신과 현진의 모습도 봤다. 외로웠을 것이다. 세상과 자신이 너무 다르다는 게. 반가

웠을 것이다. 비슷한 사람을 만났다는 게.

그러나 연민과 동정은 소년이 '사냥'을 말하는 시점에서 끝이 났다. 애써 억눌러 왔던 원망이 인서의 명치를 비집고 나왔다. 너만 아니었으면. 너 같은 놈만 아니었으면. 수십 년치의, 순수한 고난으로 정제된 삶이 인서를 압도했다.

인서가 더 이상 분노를 참지 않겠다고 마음을 먹자 소년의 머리카락이 끝 쪽부터 파스스 먼지가 되어 공중으로 흩어졌다. 소년은 심지가 타오르듯 자꾸만 짧아지는 손가락 마디들을 보며 어리둥절한 표정을 지었지만 그것도 오래가지 못했다. 소년은 비명조차 지르지 못하고 세상에서 지워졌다. 소년이 아버지와 함께 사냥했던 익명의 소수자들과는 다르게 그의 체세포는 공중으로 산산이 흩어져 완전히 사라졌다. 하지만 인서는 이제 전만큼 당황하지 않았다.

그동안 식당 주인은 주방 안쪽에서 통신 디바이스로 메시지를 확인하고 있었다. 다른 지부에서 보내온 접선 시도를 자신이 놓쳤을지도 모른다는 생각 때문이었다. 몇 번이나 확인해 봐도 별다른 지령이나 메시지는 없었다. 그렇다면 홀에서 아들과 이야기를 나누고 있는 저 소녀는 누구란 말인가.

주인장은 지부에 속한 레지스탕스 인원을 소집했다. 몇 분만 있으면 십수 명의 정상주의자들이 몰려올 것이다. 만약 인서가 레지스탕스의 간부라면 조심스러운 대처에 공을 치하받을 것이고 그게 아니라면 동료들과 스파이를 처단하면 될 일이었다. 다행히 수다스러운 아들이 시간을 벌어주고 있었다. 그는 자신의 현명한 선택에 감탄했다. 갑자기 대화 소리가 끊기자 그는 홀에 나가보았다. 아들은 보이지 않고 소녀만이 앉아 있었다.

"아드님은 볼 일이 있다면서 나가더군요."

인서가 딱 기대한 레지스탕스 간부의 말투를 하고 있었기 때문에 주인장은 여전히 인서가 위협인지 아닌지 판단을 내리지 못했다. 하지만 그것도 상관이 없었다. 마침 바깥에서 동료들의 소리가 들려왔다. 그들이 문을 열고 들어왔다. 다들 둔기를 들고 있었다. 주인장은 조금 마음이 놓인 듯 본심을 드러냈다.

"지부장 회의나 정상주의자 비밀 집회 어디서도 당신을 본 기억이 없으니 신원을 증명해 보시오. 증명하지 못하겠다면…"

그들은 식당 주인장의 말에 호응이라도 하듯 각자 들고 있는 무기들을 손에 다시 꽉 잡았다. 대부분 녹슬고 낡은 쇠막대 같은 것들이었다. 교정부가 두려워하던 레지스탕스의 실체는 초라했다.

인서는 주인장에게 신분을 증명하겠다며 통신 디바이스를 빌려달라고 요구했고, 주인장은 순순히 건넸다. 현진이 알려준 비밀 채널에 접속했다. 마침 현진도 접속해 있는 상태였다.

"현진아, 난 괜찮아."

디바이스의 건너편에서 현진의 목소리 대신 낯선 목소리가 들렸다. 노아였다. 현진과 대치하고 있는 노아는 현진이 기절한 한유승을 완전히 죽일까 봐 긴장한 채로 둘의 대화에 끼어들었다.

"너 정인서 맞지? 난 교정부 소속 감사관이야. 상황을 다 알고 있으니 이제 걱정 안 해도 돼. 너 잘못 없는 거 알아. 우리가 치료해 줄게."

"치료? 캠프 깊숙한 곳에 박아놓고 평생 시뮬레이션이나 시키겠지. 당신도 똑같아."

인서는 다시 시뮬레이션의 삶 중 하나를 떠올렸다. 마을 변두리에 혼자 사는 약초사였던 여자를 마녀로 몰아 광장에 세우던 사람들. 결코 해명할 수 없는 것을 해명하라 하던 사람들. 인서는 이제 자신이 끝없는 의혹 속에서 살 것임을 확신했다. 호의를 보이는 사람을 만났을 땐 그 사람을 의심할 것이고, 적의를 드러내는 사람을 만났을 땐 그렇게 느낀 자신을 의심할 것이다. 사실 흔해 빠진 삶이었다. 다만 인서의 경우에는 의혹의 대가를 상대방이 치른다는 게 큰 차이였다.

"세상을 용서하지 마. 세상은 널 가질 자격 없어."

디바이스를 통해 들린 현진의 말은 인서의 확신에 힘을 더해줬다. 그는 더 이상 자신의 분노를 무시하지 않기로 마음먹었다. 그리고는 지금까지 한 번도 내본 적이 없는 비명을 게워내듯 질렀다.

인서의 분노에 책임이 있는 사람들이 사라졌다. 온면집안의 정상주의자 한 무더기는 물론, 한참 떨어진 캠프에 있던 한유승도 먼지가 되었다. 놀라운 건 현진 또한 소멸의 대상이 되었다는 사실이다. 노아는 눈앞에서 현진과 유승이 분자 단위로 흩어지는 모습을 보고도 아무것도 할 수 없었다.

인서는 현진의 죽음을 의도하지는 않았다. 심지어 인서는 현진이 죽었다는 사실 또한 알지 못했다. 다만 현진과 인서는 단짝임에도 서로에 대해 완전히 같은 감정을 공유한 것은 아니었다. 인서 또한 분명 현진을 각별하게 생각하긴 했지만, 현진은 인서에게 다소 버거운 친구였다. 둘 모두 서로가 무척 다르다는 건 알고 있었다. 그러나 현진과 달리 인서는 그 차이가 힘겹게 느껴질 때가 많았다. 현진이 인서와 콘으로서 동질감을 나누며 안정감에 흠뻑 젖어 있는 동안, 인서는 시뮬레이션 교정을 거듭하면서 현진의 거친, 정상주의적인 언행을 늘 남몰래 불편해했다. 그렇다고 자신을 안식처처럼 여기고 있는 사람에게 차마 불편함을 내색할 수는 없었다. 인서는 고통의 역치가 높은 사람이었을 뿐이지 현진이 생각한 만큼 모든 걸 포용하는 사람은 아니었다.

인서는 자리에서 일어나 유리창에 비친 자신의 모습을 보았다. 어깨에 걸친 긴 숄이 마치 망토 같았다. 인서는 왠지 그 모습이 자신과 어울리지 않는다는 생각이 들어 숄을 벗어 던졌다.

✦

노아는 감사관을 그만뒀다. 처음에는 교정부 내부에서 교정부의 문건을 공개하며 문제를 제기했으나, 수뇌부에서는 캠프에서의 일이 모두 공개된다면 정상주의자들을 자극할 수 있다며 사건의 내용을 은폐하고 축소하려는 태도로 일관했다. 노아는 무력감에 결국 교정부를 나왔고, 모든 자료를 대안 언론들에게 전달했다. 일주일간 모은 캠프의 비윤리적 실험 자료와 자기 메모리에 레코딩된 영상들. 폭로 이후에는 정인서에게 수배가 내려졌다. 인서의 능력이 절대적인 만큼 수배는 전 세계에 적용되었다.

사람들의 반응은 가지각색이었다. 왜 하필 콘이 저런 능력을 갖게 만들었냐며 비난하는 이도 있었다. 그런 능력은 누구도 가져선 안 된다고 생각하는 사람들도, 인서의 힘을 진화의 결과라고 생각하는 사람들도 있었다. 어떤 사람들은 인서를 모시는 신흥 종교를 만들어서 길거리 곳곳에 간이 사당을 세우기도 했다. 한유승에게 실험을 명령한 교정부 고위급 간부 몇 명은 처벌당하고 캠프는 폐쇄되었지만 인서의 행방은 여전히 오리무중이었다.

전 세계에 수배가 내려진 만큼 목격담도 곳곳에서 들려왔다. 라싸의 수도승이 되었다는 말도, 스페인 도라다 해안가에 얕은 바다에서 수영하는 모습을 봤다는 말도, 정상주의자 레지스탕스의 새로운 리더가 되었다는 말도 있었다.

가장 많은 사람들이 믿는 소문은, 불법 임플란트로 신체를 완전히 기계화한 후, 능력의 원천이라고 여겨지는 자신의 편도체의 3D 설계도를 구조를 오픈 소스로 공개했다는 것이었다. 이 소문의 신봉자들은 정인서가 자신의 능력을 복제, 이식하기 위해 유포를 한 것이 분명하다는 악의적인 설명도 덧붙이곤 했다. 또 누군가는 드림 머신에서 인서를 보았다고도 했다. 인서는 정상주의자와 반차별주의자 양쪽 모두에게 악몽으로 존재하게 되었다.

미결 실종 사건이 늘어나면서 인서와 같은 능력을 가진 사람이 더 있을지도 모른다는 대중의 의혹은 더 이상 음모론이 아니게 되었다. 그나마 남아 있던 정상주의자들은 심해진 단속을 피해 활동을 아예 멈추거나 더욱 숨어 지냈다. 반차별주의를 성실하게 내면화한 사회의 이상적인 시민들에게도 영향은 있었다.

의도와 관계없이 남의 기분을 상하게 했다는 이유만으로도 죽음에 이를 수 있다는 가능성은 개인적인 인간관계에서 의도하지 않은 원한을 살까 봐 전전긍긍하는 분위기를 만들어냈다. 사람들은 관계와 대화에서 상시로 있는 사소한 갈등과 오해의 응어리를 제거하려고 강박적으로 노력했다. 상대방의 비위를 상하게 할 수 있는 모든 말을 경계하게 되니 거의 아무 말도 하지 않는 사람들이 생겨났다. 그런 부류는 쉽게 남에게 적대감을 품어 남의 이야기 또한 거의 듣지 않았다. 그러니까, 세상은 백 년 전 정상성 회귀 운동이 일어나기 직전으로 돌아간 것처럼 보이기도 했다.

차이가 있다면, 모두가 모든 사안에서 본인을 제1당사자로 여기게 되었다는 것이었다.

우리가 기대하는 멸망들

비행운 아래에서

'우우우우웅.'

오후 세 시마다 들리는 저 소리. 저 소리가 아니었다면 낮잠으로 오후를 다 보냈을 것이라 생각하며 마거릿은 현관문을 열고 나가 하늘을 보았다. 전투기의 속도 때문인지 소리를 듣고 나서 밖을 나가면 비행운만 보였다.

여럿이서 같은 시간에 같은 행동을 한다는 점에서 그건 일종의 의식이었다. 휴스턴 존슨 우주 센터 근처 브렌트우드 3번가에 사는 젊은 여자들은 대부분 마거릿과 같은 처지였다. 우주 비행사 후보들의 장기 훈련은 보통 몇 주, 길면 몇 달씩 지속되었기에 배우자와 함께 훈련장 근처로 이사를 오더라도 그들이 집에서 아내와 시간을 보내는 일은 드물었다.

아폴로 11호가 달로 사람을 보낸 후 미국의 젊은 중산층 백인 남성 중에는 자신들이 인류의 개척자라도 된 양 우주 비행사를 꿈꾸는 부류가 많았다. 공군 사관학교를 졸업한 마거릿의 남편도 딱 그런 사람이었다. 언젠가 비를 피하려 들어간 카페에서 낱말풀이 퍼즐을 하다가 눈을 마주친 남자. 그럴듯한 우연이 여러 번 겹치면 낭만이 껴들기 십상이었다. 결혼 직전 남편은 존슨 우주 센터로 발령받았다. 그 말은 다음 유인 탐사선에 탈 확률이 높다는 얘기였다.

우주 비행사 후보들의 훈련은 가혹하고 길기로 유명했다. 주변에서는 신혼을 혼자 보내면 어쩌냐며 마거릿을 걱정하는 목소리가 많았지만 마거릿은 개의치 않았다. 3주마다 훈련을 마치고 돌아오는 남편은 막 말을 배운 아이처럼 저녁 식탁에서 쉴 새 없이 떠들었다. 우주가 얼마나 기상천외하고 위험한 것들로 가득 차 있는지, 이를 대비하는 휴스턴의 훈련 일과가 얼마나 철저한지, 그리고 그 모든 훈련을 이겨낸 선배 비행사들이 얼마나 존경스러운지 따위의 이야기들.

보통 브렌트우드가의 여자들은 자신이 언제든 과부가될 수 있다는 가능성 때문에 그런 이야기를 그다지 듣고 싶어 하지 않았지만 티를 내지는 않았다. 자신이 뭐라고하든 어차피 남자들은 계속 떠들 것이기 때문이었다. 마거릿은 걱정을 하는 쪽은 아니었다. 다만 그녀는 남편이 그런 이야기를 할 때마다 하품을 들키지 않으려 최선을 다해 입을 다물었다. 모든 전투기들은 비행사의 에고만큼 요란한 비행운을 그리며 날았다.

하늘을 구경하는 여자 중에서는 비행운이 모두 사라진 다음에야 집에 들어가는 사람도 있었다. 언젠가 마거릿에게 직접 구운 호두 파이를 가져와서 해가 지도록 남편에 대한 그리움과 걱정을 토해낸 적이 있는 사람이었다. 마거릿은 한마디도 하지 않고 대화를 끝낼 수 있었다. 그건 상대방이 말을 쏟아냈기 때문이기도 했지만 정말로 보탤 말이 없었기 때문이기도 했다. 그 거리에 사는 모든 여자가 같은 시간에 비행운의 궤적을 바라보았고, 남편이 훈련 중에 죽을지도 모른다는 불안과 극심한 우울증을 숨기기 위해 싸구려 화이트 와인을 마시며 오후를 보내곤 했다.

졸음처럼 밀려드는 권태와 싸우다가 세 시마다 비행운을 바라보는 것은 마거릿도 마찬가지였지만 그 이유만은 달랐다. 마거릿은 남편이 그립지 않았다. 마거릿은 그냥 비행운이 서서히 사라지는 모습이 자신의 삶에 대한 비유처럼 느껴져서 좋았다. 마거릿은 이 모든 삶에 기시감을 느끼고 있었다.

그 반복되는 기시감에 균열을 낸 것은 처음 보는 여자의 얼굴이었다. 모두가 단색 원피스에 선글라스 차림으로 쓰고 하늘을 바라볼 때, 한 여자만 흙이 묻은 작업복을 입고 정원을 정리하고 있었다. 그러고 보니 새로 온 이웃이 있다고 했지. 바로 앞집이었다. 스즈키 씨라고 했나. 모나를 떠올리게 하는 사람이었다.

세 살 터울이었던 동생 모나는 마거릿의 기억 속에 영원히 어린 상태로 남아 있었다. 입양된 모나는 눈에 띄지 않는 방식으로 타인의 마음을 헤아리는 아이였다. 마거릿이 몰래 피우던 담배를 아버지께 들킬 위기에 처했을 때 모나는 아무 말도 하지 않고 담배를 숨겨주었고, 엄마와 장을 보러 갈 때면 본인이 욕심 많은 응석받이인 척하며 언제나 마거릿의 몫을 더 챙겨 담곤 했다. 마거릿은 나중에야 그게 언니에게 적대감을 사지 않으려던 절박한 처세술이었을지도 모른다는 점을 깨달았다. 그 처세는 나름대로 성공적이었는지 오래 지나지 않아 마거릿과 모나는 가까운 관계가 되었다.

청교도 윤리에 집착하는 중산층 부모 아래에서 자아가 부서지지 않기 위해서라도 그런 관계가 서로에게 필요했다. 모나는 말하기보단 듣는 사람이었고 그런 어른스러움 탓에 마거릿은 가끔 모나가 자신의 언니였으면, 심지어 부모였으면 했다. 그러나 그 바람을 말할 기회는 영영 오지 않았다.

열두 살이 되던 생일 파티 날 동생 모나는 수영장에서 익사했다. 케이크 위의 촛불을 끌 파티의 주인공은 수영장 바닥에 잠겼다. 창백한 모나의 목에는 마거릿이 친구 집에서 슬쩍해서 선물한 모조 사파이어 목걸이가 있었다. 헐렁했던 목걸이 줄이 수영장 바닥 수챗구멍에 걸린 것이었다.

아무도 마거릿을 탓하지 않았다.

✧

스즈키 씨가 모나를 떠올리게 하는 건 단순히 인종 때문만은 아니었다. 주변 세상과 크게 동조하지 않는 단단함이 모나와 닮았다고 생각했다.

동네에서 스즈키 씨는 평판이 그다지 좋지 않았다. 많은 소문이 있었지만 실제로 알 수 있는 사실은 스즈키 씨가 혼자 산다는 것뿐이었다. 표준적인 삶을 살고 있는 브렌트우드의 사람들에게 남편이 없는 스즈키 씨의 존재가 꽤나 위협적이었는지 얼토당토않은 소문이 오갔다. NASA의 항공우주 기술을 탈취하러 온 소련의 스파이라는 둥, 부자 남편을 자살로 위장해 죽이고는 재산을 독차지했다는 둥, 새벽마다 숲으로 가서 산양의 피를 마신다는 둥. 악의 섞인 소문과는 별개로 그녀가 가끔 밤마다 차를 몰고 사라지는 건 사실이었다. 한밤중에 스즈키 씨의 차고가 열리는 소리를 들은 적이 한두 번이 아니었다.

그런 소문을 아는지 모르는지 스즈키 씨는 그저 비행

훈련 시간마다 꼬박 집 밖으로 나와서 정원을 가꿨다. 그녀는 한 번도 하늘을 바라보지 않았다.

호기심 어린 시선을 느꼈는지 스즈키 씨는 고개를 들어 마거릿을 쳐다보았다. 마거릿과 눈이 마주치자 그녀는 마치 이전까지의 모든 행동이 중요하지 않았던 것처럼 마거릿 쪽으로 걸어왔다. 작은 체구의 스즈키 씨가 울림이 좋은 목소리로 물었다.

"왜 저를 쳐다봤죠?"

"당신이 하늘을 보고 있지 않아서요."

마거릿은 마치 기다리고 있었다는 듯 대답하는 자신의 모습에 놀랐다. 스즈키 씨는 옅은 웃음을 지으며 말했다.

"당신도 마찬가지면서."

✦

며칠 동안 스즈키 씨를 관찰한 결과, 마거릿은 그가 정원을 가꾸고 있지 않다는 사실을 알게 되었다. 그는 뭔가를 주머니에서 꺼내 땅에 파묻고 있었다. 씨앗이나 묘목이라면 사슴처럼 경계하면서 숨길 리가 없었다.

이웃들도 어느새 스즈키 씨의 행동이 신경 쓰였는지 땅에 묻은 전남편의 결혼반지를 찾는 거라는 우스갯소리를 지껄이기도 했다. 마거릿은 어느 순간부터 그런 소문에 담긴 적대감이 자신을 향하기라도 하는 듯한 불편함을 느꼈다. 남편이 없는, 파이를 굽지 않는, 원피스를 입지 않는 동양인 여성은 그들에게 외계인이나 다름없었다. 그들이 스즈키 씨에 대해 아나필락시스 반응을 보이듯, 마거릿 또한 표준 이외의 것을 조금도 허용하지 않는 브렌트우드의 공기에 더 이상 자신을 노출하길 원하지 않았다.

마거릿이 이웃들에게 경멸을 느끼는 만큼 스즈키 씨에 대한 호기심도 그에 비례해서 커져갔다. 대체 정원에 뭘 숨기기에 매일같이 흙투성이가 되는지도 궁금했다. 뒤척이던 마거릿은 잠드는 것을 포기하고 파자마 바람으로 집을 나섰다. 사막 지대라 해가 지면 낮의 더위가 거짓말이었던 것처럼 기온이 뚝 떨어졌다. 찬 공기와 갈증 같은 호기심이 마거릿의 정신을 여느 때보다 또렷하게 했다.

마거릿은 낮에 스즈키 씨가 알로에 덤불 근처에 뭔가를 묻어놓았다는 사실을 기억하고는, 대담하게도 그의 집 앞마당으로 가서 그곳을 맨손으로 파헤치기 시작했다. 흙의 부들부들한 촉감이 이 모든 상황이 꿈이 아니라는 점을 상기시키고 있었다. 한참을 파헤치던 마거릿의 손에 무언가 잡혔다. 축축하고 불쾌한 감촉 때문인지 마거릿은 금방 내

동댕이쳤다. 어둠에 눈이 익숙해지자 조금씩 형체가 보였다. 새빨갛고 축축한 고깃덩어리. 표면은 듬성듬성 털 뭉치로 덮여 있었다. 비명을 지를 뻔했지만 흙투성이 손으로 입을 간신히 틀어막았다.

집에 불이 켜지고 곧 차고 쪽에서 인기척이 들렸다. 엎드려 몸을 숨긴 마거릿은 스즈키 씨가 외계인, 연쇄살인마, 늑대인간 중 무엇일지 가능성을 따져보느라 머릿속이 복잡했다. 포식자가 남긴 사냥감의 잔해를 땅에 묻듯, 스즈키 씨도 브렌트우드에 사는 누군가를 잡아먹고 남은 장기를 묻은 것이었을까.

문이 열리고 스즈키 씨가 탄 차가 진입로로 빠져나왔다. 마거릿은 들키지 않았다는 안도감보다 이 상황을 이해하고픈 욕구가 더 컸기에 얼른 그를 따라가 보기로 했다. 마거릿의 민트색 캐딜락은 멀찍이서 스즈키 씨의 차를 따라갔다.

시야가 탁 트인 동네였고 주거단지를 지나면 불이 켜진 곳도 많지 않아서 멀리서도 차 불빛이 보였다. 스즈키 씨의 차를 따라가는 길에 마거릿은 거리 곳곳에서 다른 차들이 하나둘씩 합류하고 있다는 사실을 깨달았다. 아까만큼은 아니었지만 이 또한 초현실적인 광경이었다. 십수 개에

달하는 헤드라이트 불빛 덕분에 마거릿은 더 이상 거리를
벌리지 않고 일행인 척할 수 있었다.

─✧─

시내에서 벗어나 50마일쯤 가자 마거릿은 그제서야 그들
의 행선지를 짐작할 수 있었다. 그들은 분명 북쪽 숲으로
향하고 있었다. 개척 시대에 마녀가 살았다는 전설이 있는
숲인데, 어찌나 나무가 빽빽한지 한낮에 가도 하늘이 가려
져서 어두울 정도였다. 마거릿은 남편이 언젠가 해준 말을
떠올렸다. 휴스턴의 우주비행사들에겐 담력 시험이라며
신입을 골려주는 신고식이 있었는데 몇 년 전 신입 한 명
이 이 숲에서 조난당한 이후로 사라졌다고 했다. 바보 같
은 이야기라고 생각했지만 스즈키 씨의 마당에서 발견한
고깃덩이를 생각하니 이 숲이 마녀의 숲이라고 해도 전혀
이상하지 않게 느껴졌다.

　스즈키 씨의 차를 필두로 차들이 숲속으로 들어가는 모
습은 거대한 아가리가 차들을 집어삼키는 것처럼 보였다.
마거릿의 캐딜락 또한 따라 들어갔다. 줄지어 뻗어 있는
밤나무와 오크나무가 고대의 거인처럼 마거릿을 내려다
보았다. 차들은 숲속을 한참 더 들어갔다. 한 시간 반을 달

렸지만 여전히 숲이었다. 라디오 주파수도 잡히지 않았다.

끝없이 늘어선 직선 도로와 규칙적인 엔진 소리 덕분에 시간 감각이 마비되고 어느새 마거릿의 눈꺼풀이 무거워졌다. 잠시 눈을 감자 익숙한 이미지가 나열되었다. 비명이 가득한 생일 파티. 어머니는 수영장에서 건진 모나의 작은 몸을 두 손으로 꾸욱꾸욱 눌렀다. 자주 꾸는 꿈이었다. 다섯 시간을 자든 10분을 자든 그 꿈은 온전한 시간으로 그의 몸을 관통했다.

하지만 이번 꿈은 평소와 달랐다. 바닥에 누워 있던 모나가 눈을 뜨는 것으로 꿈이 끝났다. 마거릿이 화들짝 놀라 잠에서 깼다. 차들은 모두 사라져 있었다. 눈을 감은 시간은 길어야 2초 정도였을 것이다. 마거릿은 허겁지겁 차를 세우고 내렸다. 엔진 소리는 들리지 않았다.

도로 옆 나무들 사이에서 무언가 사람 형체가 다가왔다. 스즈키 씨였다. 그녀는 마거릿의 어깨를 잡고 어딘가 결연한 태도로 말했다.

"멀리 왔네요. 되돌아갈 게 아니라면 따라와요."

스즈키 씨는 마거릿을 깊은 숲으로 안내했다. 수십 가지 질문이 마거릿의 머리를 헤집고 있었지만 어떤 질문부터 해야 할지 결정하지 못했다. 이상하게도 마거릿은 미지 앞에서 한 번도 느껴보지 못한 안정감을 느꼈다.

도착한 곳에서는 여러 명의 여자들이 불타는 장작을 중앙에 두고 한 번도 보지 못한 형태의 옷을 주섬주섬 입고 있었다. 스즈키 씨도 옷을 갈아입으면서 말했다.

"마거릿, 잘 들어요. 여긴 휴스턴도, 텍사스도, 미국도, 심지어 지구도 아니에요."

그들이 차라리 악마가 강림하길 바라는 마녀나 식인 외계인이었다면 덜 혼란스러웠을 것이다. 스즈키 씨와 동료들은 플라스틱과 금속을 섞은 것 같은 재질의 기묘한 옷을 입은 채로 모든 걸 설명했다.

그들은 냉전이 끝난 지 이미 400년이 넘었고, 이곳이 지구에서 13광년 떨어진 은하계에 위치한 위성 중 하나라고 했다. 그리고 이 모든 믿기지 않는 증언들 중에서도 가장 혼란스러운 사실은, 이 숲속에 있는 사람을 포함해 그녀가 살면서 만난 모든 사람이 사실은 인간이 아니라는 것이었다. 스즈키 씨는 인간의 범주는 설정하기 나름이라며 많은 사족을 덧붙였지만, '우리'가 생식을 통해 태어나지 않았다는 점만은 분명히 했다.

지구 자전 시간 기준으로 5년 내외의 수명을 가진 우리는, 테라포밍이 진행 중인 행성에 '진짜 인간'들이 거주하기 전 거주 환경이 신체에 적대적이지 않은지 시험하기 위한 목적으로 창조된 '테스트 거주자'라고 했다. 그들이 매일 지켜봤던 비행운은 테라포밍 과정에서 발생한 메탄가스의 흔적이었고, 비행기 엔진음이라고 생각했던 소리는 근처에 있던 대기 생성 플랜트가 내는 굉음이었다. 그들이 있는 이 지역은 행성에서 가장 먼저 대기가 형성된, 말하자면 테스트 베드였다.

온갖 생소한 어휘의 파도 속에서 마거릿이 확실히 이해한 사실은 하나였다. 자신의 삶에 진짜는 하나도 없다는 것. 아무리 생에 큰 애착이 없어도 인생 전체를 부정당하는 경험은 누구도 원치 않는 일이었다. 가족과 여름휴가 때마다 갔던 포틀랜드 캐년 해변도, 처음 코르사주를 달았던 고등학교 졸업 파티도, 심지어 모나도 모두 가짜였다. 마거릿은 신화 속 인물이 된 기분이었다.

마거릿이 신중하게 고른 한 가지 질문이 그제야 입에서 튀어나왔다. 기억을 조작할 수 있다면 그냥 짐승처럼 행성에 풀어놓으면 될 것을 왜 5년짜리 몸에 30년의 기억을 욱여넣는 수고스러운 거짓말을 한 것인지.

그건 순전히 여흥이었다. 시대가 지나도 서사를 즐기고자 하는 인간의 욕망은 여전했지만, 뉴런 데이터 마이닝 기술의 발달로, 이제 서사는 고정된 한 작품을 여러 명이 수용하는 일대다 형태가 아니라, 오트 쿠튀르로 만들어진 이야기가 제공되는, 일대일 맞춤으로 제작되어 관람하는 형태로 탈바꿈했다. 그리 정교한 원리는 아니었다. 서사 시뮬레이터가 개인의 취향과 선호를 면밀히 기록하고는 그 빅데이터로 소비자가 좋아할 만한 플롯과 캐릭터를 뽑아내는 것뿐이다. 하지만 사라진 것들은 언제나 낭만화되기 마련이었고 구시대 미디어의 혼돈과 불확실성을 그리워한 사람들도 있었다. 그들은 자신의 취향과 판타지가 매끄럽게 반영된 납작한 이야기들에 질려 있었다.

우주 곳곳에 있는 콜로니 후보 행성들의 테라포밍을 관장하는 관리자들 또한 그런 부류에 속했다. 테라포밍 작업의 지루함을 이기고자 테라포밍 기술자 노조는 연방 정부에 테스트 거주자 환경을 완전히 통제할 권리를 요구했다. 마거릿이 보고 겪고 들은 모든 것은 수백 년 전의 영화와 드라마, 광고 속 프로덕션 디자인과 미술을 재현한 것이었다. 가짜를 복제한 궁극의 가짜. 브렌트우드의 삶은 새디스틱한 소수의 관객만을 위해 몰래 기록되고 관찰되는 역겨운 연속극이었다.

스즈키 씨는 이를 증명하기 위해 마거릿에게 종이 뭉치를 건넸다. 마거릿의 삶이 극본으로 적혀 있는 호러 영화의 대본부터 영화의 촬영 현장 스틸컷, 영화에 대한 당시 뉴스 기사, 영화의 주연 배우들과 각본가, 제작자가 주고받은 편지와 이메일 기록들이었다. 마기릿뿐만 아니라 스즈키 씨, 그리고 브렌트우드의 이웃들과 똑같이 생긴 수백 년 전의 배우들이 카메라 뒤에서 대기하고 있는 사진도 있었다. 대본에는 스즈키 씨를 보며 동생 모나를 떠올리는 본인의 생각이 그대로 내레이션으로 적혀 있었다. 마거릿은 자신의 얼굴도, 자신의 삶도 자기 것이 아니라는 사실에 구토감이 올라왔다.

마거릿의 얼굴을 한 사람은 실은 마거릿이 아니었고 미아 핸슨이라 불리는 신인 배우였다. 스즈키 씨의 배역을 맡은 배우는 켈리 후쿠다라는 이름이었다. 한 공포영화의 아역으로 데뷔해 일찍이 이름을 떨친 그녀는, 이 만들어지지 못한 영화의 대본을 쓴 작가기도 했다.

재능 넘치는 예술가, 켈리 후쿠다 씨에게

안녕하세요, 미아 핸슨입니다.

보내주신 원고는 잘 읽었어요.

처음 메일을 받았을 때는 누가 장난이라도 치는 줄 알았어요. 제가 후쿠다 씨의 팬이라는 건 누구나 아는 사실이라 그런 장난 메일을 몇 번 받아봤거든요. 각본가 이름에 '켈리 후쿠다'라고 쓰여 있는 것도 물론 놀라웠고요. 당신만큼 성공적인 커리어를 수십 년 이어나가는 배우는 없었으니까요.

낯 뜨겁겠지만 들어줘요. 다들 켈리 후쿠다의 작품 하면 최근의 배역들을 꼽지만 저는 좀 달라요. 고등학교 때 과제로 당신이 아역이었을 때 찍은 〈이프리트〉를 본 적이 있어요. (이젠 학교에서 보여줄 정도로 고전이랍니다.) 다들 그 영화 하면 당신의 상대역이었던 브라이언 폭스 얘기만 하잖아요. 전 그게 불만이었어요.

그 영화의 진정한 보물은 당신이었어요. 역십자가 타투를 양어깨에 새기고는 시큰둥한 표정으로 처음 등장했을 때 당신은 제 한 시대를 차지하고 말았죠. 따라서 타투를 새기려다가 침례교 장로였던 이모부에게 미쳤냐는 소리까지 들었어요.

그런 사람이 저한테 메일을 보내다니. 게다가 자기가 쓴 시나리오를! 촬영장에서 태블릿으로 단숨에 읽어버렸어요. 같이 일할 날이 무척 기다려지네요.

제 에이전시 WMA에서도 반응이 좋아요.

또 연락할게요.

기꺼이 당신의 뮤즈가 되고 싶은,
미아 핸슨 드림

수신: 켈리 후쿠다

발신: 존 듀코브니 - 타이거게이트 필름 대표

켈리, 존일세.

내가 세운 이 영화사의 첫 작품이 자네가 쓴 대본일 줄이야. 영화 산업에 발을 들여버린 내 감회 따위는 궁금하지 않을 테니 본론으로 들어가지.

오늘 투자자들에게 대본을 보여줬는데 긍정적으로 검토해 보겠대. 다만 조금 더 가볍게 갔으면 좋겠다고 하더라고. 무슨 말인지 알지? 자네같이 한 분야에서 더 이상 올라갈 곳이 없는 사람이 다른 산을 오르려고 하면 다들 미끄러지는 걸 기대하면서 '이럴 줄 알았지' 말을 얹고 싶어 해. 그러니 대본은 적당히 밝게 가자는 거야.

죽은 동생 얘기까지는 괜찮아. 인물에게 정을 붙이려면 가슴 아픈 과거 이야기 한둘은 있어야지.

하지만 남편을 그리워하지 않는 여자는 아무도 보고 싶어 하지 않아. 남자는 물론이고 여자 관객들도 별로 좋아하지 않을걸? 남자들은 영화를 보는 동안만이라도 누군가가 자신을 경멸한다는 현실을 잊고 싶어 하고, 여자들은 자기 속마음을 들키는 걸 원하지 않을 거야. 누가 영화관에 와서 진실을 듣고 싶어 하겠어?

게다가 투자자 중에 독실한 양반이 있어서 컬트 묘사 부분에도 우려를 표하더군. 열성 공화당 지지자인 그 인간은 사실자네가 동양계라서 시비를 거는 것이겠지만, 내 생각에도 악마 숭배 부분은 빼는 게 나을 것 같아. 공포 장르를 시도하고 싶으면 다른 방법도 많아.

켈리 자네가 '그쪽'에 관심 있다는 건 이 바닥에서는 공공연한 사실이지. 남는 시간에 자네가 염소 피를 마시든, 십자가를 거꾸로 걸어놓든 내가 상관할 바가 아니야. 하지만 오랜 친구이자 자네 첫 영화의 프로듀서로서 한마디만 하지.

제발 멀쩡한 사람들이랑 어울리라고. 업계 사람이 아니어도 좋아. 밤에 지하실에서 모여서 새끼 양을 죽이는 헤로인 중독자만 아니면 돼.

생각을 해봐. 자네 집에서 몇 블록 거리도 안 되는 집에서 찰스 맨슨과 추종자들이 그 불쌍한 여자와 갓난아기를 죽였잖아. 물론 수십 년 전 일이긴 하지만 사람들은 그런 건 잘 잊지 않아. 기자들에게 구실을 주지 말자고. 잔소리는 줄이지.

(신인 배우 하나에게 대본을 줬다지. 자네의 팬인 모양이더군. 자기 몫은 제대로 해냈으면 좋겠는데.)

중앙에 있는 모닥불은 여전히 숲의 어둠을 몰아내느라 분주했다. 스즈키 씨의 동료들은 서로 비슷하게 생긴 사람들이 꽤 많았다. 그중에는 브렌트우드의 이웃과 같은 얼굴들도 몇 있었지만 풍기는 분위기, 점의 위치 등을 보면 분명 다른 사람이라는 사실을 알 수 있었다. 불빛의 일렁임 속에서 사람들의 얼굴을 빤히 살펴보는 마거릿에게 스즈키 씨는 그들이 입은 것과 같은 옷을 건넸다. 혈관 같은 무늬가 표면을 덮은 점프슈트였다.

브렌트우드 일대는 보이지 않는 막으로 덮여 있었고 막

안쪽은 막이 만들어내는 파장의 영향권에 있었다. 파장이란 일종의 느슨한 대본이자 감독의 디렉션이었다. 영향권 안에 있는 '배우'들의 무의식에 영향을 미쳐서 역할에 충실하게 살아가도록, 그리고 감히 브렌트우드 밖으로 나가는 일을 상상하지 못하도록 했다. 점프슈트는 파장을 막아주고 막 바깥으로 벗어날 수 있게 해준다며, 스즈키 씨 옆에 있는 체구가 좋은 사람이 설명을 덧붙였다. 상냥한 목소리였지만 말투에서 조바심이 느껴졌다.

그들이 있는 이 숲은 경계였다. 무대와 바깥의 경계. 마거릿은 이제 막 경계의 존재를 깨달았을 뿐이었다. 옷을 갈아입었지만 아직 혼란스러운 마거릿을 보고 스즈키 씨의 동료들은 지겹다는 듯 곁눈질을 보냈다. 스즈키 씨가 마거릿을 모닥불에서 먼 곳으로 데려갔다.

"당연해요. 시간이 좀 걸릴 거예요. 하지만 우리에게 모자란 것도 시간이에요."

스즈키 씨가 뒤를 돌아 짧은 뒷머리를 위로 올렸다. 피가 새어 나온 거즈가 있었다. 거즈를 벗기자 상처 속에 작은 공동이 있었다. 살점을 깔끔하게 도려낸 흔적이었다. 마거릿은 그 흔적이 스즈키 씨가 앞마당에 묻은 핏덩이와 관련이 있음을 알아챘다.

"추적기를 뺐어요. 곧 관리자들이 알아챌 거예요. 동료들의 신경이 곤두서 있는 건 대신 사과할게요. 다들 이날을 오랫동안 기다려와서 마음이 조급하거든요. 마거릿은 이 행성의 마지막 해방자죠."

스즈키 씨가 앞마당에 묻은 것이 그녀가 먹고 남은 인간의 장기가 아니라는 사실은 마거릿에게 조금도 위안이 되지 않았다. 마거릿은 오갈 데 없는 혼란과 분노를 스즈키에게 쏟아내듯 말했다.

"왜 하필 저를 데려왔죠? 다른 사람들도 있었는데."

"내가 당신을 택한 게 아니라 당신이 날 택한 거예요. 보통 이 가짜 세상에 어색함을 느끼는 사람들을 해방자로 고르죠. 그런데 당신은 파악이 힘들었어요. 이 행성의 테라포밍 관리자들이 무슨 이야기를 모델로 무대를 꾸민 건지 확실하지 않았으니까요. 당신의 권태가 그저 캐릭터의 일부인지, 아니면 이 배역에 집중을 못하기 때문인지 판단이 서지 않았어요."

마거릿은 비행운을 한참 바라보던 에밀리를, 호두파이를 구워오던 베시를, 주일마다 교회에 오라던 케이틀린을 떠올렸다. 근면한 연기자들. 브렌트우드에 핍진성을 부여하는 가짜 불안과 우울들. 그리고 다시 모나를 떠올렸다.

"아까 동료들을 보면 알겠지만 테스트 거주자들의 생김 새는 다양하지 않아요. 셀 수 있을 정도로요. 과거 미디어 에 기록된 배우들의 생김새를 재현했기 때문이에요. 그럼 우리는 누굴까요. 배우와 작가의 자아와 트라우마의 흔적 일까요? 좋은 거짓말에는 어느 정도 진실이 섞여 있기 마 련이죠. 각본은 정교한 거짓말이고요. 당신이 살았던 삶과 브렌트우드의 풍경은 과거 다크웹 깊숙한 곳에서 발견한 시나리오를 바탕으로 만들어졌어요.

이 무대의 원본 작품을 찾기 어려웠다는 건 영화가 완 성되지 않았다는 뜻일 테죠. 우리는 수백 년 전 죽은 작가 나 배우의 흔적에 불과할지도 몰라요. 저를 포함해서 우리 테스트 거주자들은 다들 자신이 누군지 모른다는 생각에 힘겨워하던 밤을 보낸 적이 있어요. 하지만 우리가 내리는 선택들이 곧 우리라고 한다면, 산산이 부서지고 난 다음에 내리는 선택들이야 말로 오롯이 우리의 것이겠죠. 자, 이 제 이야기의 바깥으로 가요."

수신: 존 듀코브니 - 타이거게이트 필름 대표
발신: 케이시 리 - WMA 에이전시

안녕하세요, 존.

WMA 에이전시의 미아 핸슨 배우의 담당자 케이시입니다.

지금 켈리는 통제 불능이에요. 촬영 도중에 있었던 일들을 말하는 게 아녜요. 배우와 연출가 사이의 기싸움 정도는 나도 이해한다고요. 존경했던 선배 배우가 동료로써는 최악이었다는 걸 알면 그럴 만도 하죠.

하지만 켈리의 저택에 다녀온 이후 미아는 마치 다른 사람이 된 것 같다고요. 비유적인 표현이 아니라 말 그대로요. 자기는 미아 핸슨이 아니고, 켈리 후쿠다의 죽은 여동생이라고 하더군요.

켈리가 수상한 모임을 갖고, 미신에 빠져 있다는 소문은 알고 있었어요. 그녀가 자유 시간에 뭘 하든 상관 안 하지만, 우리 에이전시 소속 배우를 데리고 그런 컬트 집회에 참여시키는 건 다른 얘기죠. 당신에게 책임을 묻지 않을 수가 없어요. 켈리에 대한 건 당신이 통제할 수 있다고 장담했잖아요.

제작사로 회사 변호사들을 보냈어요. 영화 촬영은 더 진행할 수 없을 겁니다.

켈리에게

병원에서 편지는 쓰게 해주더군요. 단순히 환자의 안정을 위해 전달되지 못할 편지를 쓰게 한 것일 수도, 혹은 내용이 검열될 수도 있겠지만 어느 쪽이든 상관없어요. 이건 어차피 미친 사람이 쓴 편지니까요. 정신병원의 일상이란 상당히 따분해요. 강박적으로 일상으로의 회복을 강요해서 오히려 환자 내면의 혼란이 더 부각될 것 같달까. 그래도 덕분에 요 몇 개월 동안의 일과 당신에 대해서 곰곰이 생각할 기회가 있었어요.

처음 대본을 읽었을 때도 마거릿 동생의 이야기가 아마 당신 이야기일 거라고 짐작하긴 했어요. 지금 내 몸 안에 있는 당신의 동생 제인 후쿠다가 확실히 알려주더군요. 죽어서도 죄책감을 느끼고 있을 언니를 어떻게 위로하면 좋을지 생각한다는 건 슬픈 일이죠. 그리고 한 몸 안에 두 개의 정신이 사는 것도요. 그와 얘기를 해보니 마거릿 역으로 왜 저를 캐스팅하고 싶었는지 이제 이해가 돼요.

이제 그와 공존하는 법을 조금씩 알게 됐어요. 제인은 이제 저의 승객이고 아마 죽을 때까지 이런 상태로 지내겠죠.

존이 자살했다는 소식도 들었어요. 온갖 소송을 방어하는 용도로 제작비를 탕진했으니 더 이상 감당할 수 없었겠죠. 이미 알고 있겠지만 당신이 우리에게 한 짓은 용서받을 수 없을 거예요. 하지만 동시에 어떤 가능성들에 아쉬움을 느껴요.

바보 같은 말이죠. 당신을 모르던 때로 돌아갈 수 있다면, 당신이 제인의 죽음을 극복했다면, 혹은 제인이 죽지 않았다면 계속 당신을 내가 꿈꾸던 모습 그대로 사랑할 수 있었을 텐데. 결국 당신의, 아니 우리의 영화는 만들어지지 못했지만 언젠가 그 이야기가 완성되는 세계가 있다면 그곳에선 우리가 서로를 구원해 주는 사이가 되었으면 해요.

당신을 저주해요.

당신에게 헌신했던
미아 핸슨 드림

우리가 기대하는 멸망들

숲을 벗어나고부터 테라포밍 관리 타워로 가는 길은 어렵지 않았다. 물론 붉은 대기와 흉측한 식생, 수십 킬로미터로 뻗어 있는 협곡의 모습이 위협적이긴 했지만 스즈키 씨 일행은 환희에 차 있었다. 마거릿은 중간중간 쉴 때마다 스즈키 씨가 건넨 기록들을 읽었다. 수백 년 전 원본들의 비극적인 결말을 암시하는 편지였다.

영화는 만들어지지 못했다. 애초에 영화에 관한 게 아니었다. 심령술에 심취한 각본가는 그저 영화와 배우를 경유해 죽은 동생을 현생에 재현하려 했던 것이다. 그 결과 켈리 후쿠다를 추종했던 미아 핸슨의 인생은 망가졌다.

마거릿은 자신의 원본을 생각했다. 중간에 배역을 포기한 마거릿과 달리, 미아 핸슨은 자신의 인생 전체를 배역에 내던지면서까지 각본가의 의도에 부합하려 했다. 자신 안에 유령이 존재한다고 믿을 만큼의 강한 믿음. 그건 무의식적인 헌신에 가까웠다. 마거릿은 그런 헌신을 가능케 한 믿음이 부럽기까지 했다. 하지만 스즈키 씨에 대한 호기심을 시작으로 그녀를 따라가다가 모든 삶의 기반을 잃게 되었다는 점에서 미아 핸슨과 마거릿은 어느 정도 동류였다.

마거릿은 혼란스러웠다. 그렇다면 이 모든 상황은 오히려 내가 배역에 충실하다는 증거일까. 테스트 거주자의 자아를 만들 때 배우의 자아도 반영한 걸까. 단지 이야기를 보고 싶다는 이유만으로 이런 거대한 가짜 세상과 수많은 가짜 인간들을 만들어 낸 것을 감안한다면, 충분히 그러고도 남았다. 마거릿은 자신이 어떻게 행동하든, 어떤 선택을 내리든 운명에서 자유롭지 않은 이 상황이 역겨웠다. 그녀는 자신을 믿을 수 없었지만 이렇게 된 이상 스즈키 씨를 따라가는 것밖에 선택지가 없었다.

테라포밍 관리 타워는 주변 몇 개의 행성의 테라포밍을 관장하는 중앙 센터였다. 해방자들은 이미 다섯 은하에 걸친 행성들을 해방시켰고 이 센터는 얼마 남지 않은 중앙 관리 거점이었다. 타워는 테스트 거주자들의 무의식에 관여하는 파장 또한 내뿜고 있었기에 이 타워가 사라진다면 메탄가스에 중독된 채로 인형극 속에 사는 테스트 거주자들도 자유로워질 수 있었다. 말하자면 타워는, 수십 명의 연기자들에게 동선과 연기와 대사를 지시하는, 브렌트우드 무대의 총괄 감독이나 다름없었다.

스즈키와 마거릿 일행은 타워에 도달했다. 워낙 무대와 동떨어진 곳에 있었지만 다른 중앙 관리 거점들이 함락되었다는 소식을 들었는지 보안은 까다로웠다. 타워 입구 근처에는 센트리봇이 배치되어 주변의 생체 반응을 감지하고 있었지만 스즈키 씨 일행이 입은 슈트가 체온을 비롯해 착용자의 모든 생체 반응을 실시간으로 지우고 있었기에 이를 걱정할 필요는 없었다. 타워 돌입 전 그들이 걱정할 사항은 망설임뿐이었다.

그리고 마거릿의 표정에는 망설임이 가득했다. 마거릿은 타워의 통제가 사라질 경우, 어쩌면 자신의 자아가 완전히 소멸되어 영혼 없는 인형이 될 수도 있다는 생각에서 벗어나지 못하고 있었다. 스즈키 씨는 마거릿이 공포에 사로잡힐 때마다 그녀의 손등에 자신의 손을 올렸다. 그러면 마거릿은 조금 진정이 되면서도, 스즈키 씨를 향한 자신의 신뢰나 애정조차도 미리 자신의 역할에 각인되었을 가능성을 완전히 떨칠 수 없었다.

마침내 스즈키 씨의 일행은 타워 안으로 돌입했다. 안에는 십수 명의 과학자와 기술자들이 낄낄거리며 허공에 띄워진 브렌트우드의 일상을 관음하고 있었다. 그들은 해방자들이 어떻게 브렌트우드를 벗어난 건지, 어떻게 타워의 반중력 엘리베이터를 해킹한 건지 전혀 알지 못하는 눈치였다.

스즈키 씨와 동료들은 관리자 대부분을 보호 슈트를 입히지 않은 채로 타워 밖으로 내보냈다. 수동적인 방식의 처형이었다. 독성이 있는 대기 탓에 그들의 살갗은 얼마 지나지 않아 부글부글 끓으며 액화되었다. 스즈키 씨의 일행은 그들이 저지른 죄에 비해 이런 처벌은 너무나 인도적이라는 듯 못마땅하게 바라보았다.

마침내 관리 타워에 연결된 행성들의 종지부를 찍을 때였다. 스즈키 씨의 동료는 타워 안에 있는 타워 통제 컴퓨터 관리자의 머리에 플라즈마 권총을 들이밀고 연결된 모든 행성에 대한 통제권을 포기하라고 윽박지르고 있었다. 그는 겁에 질려 단말기를 두드렸다. 행성 통제를 해제하는 명령어를 입력하면 각 행성에 대기하고 있던 해방자들이 나머지 테스트 거주자들을 구출하고 상황을 정리할 예정이었다. 마지막 명령어 입력만 남은 상황에서 마거릿이 갑자기 총구 앞을 막아 세웠다.

"당신들이 무슨 권리로 그 전의 삶을 다 가짜라고 말할 수 있어요? 가짜로밖에 산 경험이 없다면, 그게 진짜 아닌가요? 파장의 영향에서 벗어난 테스트 거주자들이 빈껍데기가 된다면요? 그걸 해방이라고, 자유라고 할 수 있나요?"

마거릿은 다시 한번 모나를 생각했다. 죽기 위해서만 삶을 살았던, 마거릿이라는 배역의 트라우마로서만 존재하는 가짜 동생을. 마거릿은 쏟아지는 눈물을 닦을 생각도 하지 않은 채, 고개를 숙여 흐느꼈다. 그녀는 도저히 이 슬픔을 가짜라고 치부할 수 없었다.

조용한 흐느낌은 둔탁한 소리와 함께 끝이 났다. 단말기 관리자가 자신에게 총을 겨누고 있는 동료의 팔을 연장으로 후려친 것이었다. 관리자는 바닥에 떨어진 총을 주워 마거릿에게 총구를 겨눴고 고열로 달궈진 총열이 플라즈마 탄을 내뿜었다. 마거릿은 혼돈과 거짓으로 가득 찬 인생에 마침표라도 찍는 듯 눈을 질끈 감았다.

체념한 듯 죽음을 각오했던 마거릿은 자신의 삶이 여전히 지속되고 있음을 깨달았다. 마거릿이 눈을 떴을 때 본 풍경은 자기를 가로막은 스즈키 씨의 뒷모습이었다. 그의 배에는 커다란 구멍이 뚫려 있었다. 스즈키 씨의 동료가 얼른 관리자를 제압하고는 총을 빼앗았다. 쓰러진 스즈키 씨가 가만히 마거릿을 바라보다가 그의 손을 잡았다. 스즈키 씨가 마지막 숨을 내뱉으며 말했다.

"이다음에 놓일 세계를 두려워하는 건 당신의 성정 탓이에요. 당신은, 아니 당신들은 늘 그랬어요. 어느 행성에서든, 어떤 이야기에서든 늘 가장 소외될 사람들을 생각했죠. 반대편에는 뭐가 있을까 궁금해하고, 의심하면서도, 마지막에는 쓸쓸해질 사람들을 걱정했어요. 저에게 달린 이 끔찍한 인형극의 실을 잘라준 것도 사실 당신이었어요. 그게 당신의 역할이라면 이건 이제 제 역할인거죠."

스즈키 씨의 일행 중 한 명이 흘리던 눈물을 닦고는 타워의 컴퓨터로 가 무언가를 큰 화면에 띄웠다. 여러 개로 분할된 화면들에는 모두 스즈키 씨와 마거릿의 모습이 떴지만, 다른 무대를 배경으로 하는 이야기라는 것을 짐작할 수 있었다. 각 이야기는 장르도 내용도 달라 보였지만 공통적인 결말로 끝이 났다.

자신이 겪었던 일은 수많은 곳에서 이미 일어난 일이었다. 하지만 역할은 반대였다. 기시감을 느끼는 테스트 거주자를 골라 각성시키는 건 원래 마거릿의 역할이었다. 그 모든 마거릿들은 모든 스즈키들을 숲으로 인도해 진실을 말해주었다. 그러니까 이 세계의 마거릿은 이례(異例)였다. 마거릿이 이례인 이상 스즈키도 이에 맞춰서 달라져야 했다. 그런 점에서 둘은 일종의 거울상이었다. 그리고 스즈키는 그 역할을 다하고 생을 마감했다.

마거릿은 이제야 자신의 역할을 깨달았다. 그녀는 아이

러니하게도 세계 속의 자신의 역할을 깨닫고 나서야 존재를 승인받는 기분이 들었다. 역할이 정해져 있다면 그다음부터 내리는 모든 결정은 어떤 식으로든 역할에 복무하는 셈이 된다. 그게 설령 이전에는 하지 않았을 만한 결정일지라도 상관없었다. 마거릿은 이례의 존재였으니 이치에 맞지 않는 것은 없었다. 마거릿은 이 운명론적인 위안 앞에서 마침내 항복을 선언했다.

마거릿은 이곳에 오기까지 켈리 후쿠다와 미아 핸슨의 영매로서 살거나, 그들의 유산을 부정하거나 둘 중 하나의 삶을 고르는 길밖에 없다고 여겼다. 하지만 마거릿이 대본에서 벗어나기 위해 대본을 전적으로 부정할 필요는 없었다.

마거릿은 자신 앞에 놓일 미지를 기꺼이 받아들였다. 그 순간부터 불일치감은 사라졌다. 시작된 적 없는 이야기. 끝남과 동시에 시작되는 이야기. 부정과 균열과 반례와 거대한 태풍으로 시작되는 이야기. 마거릿과 스즈키는 서로의 태풍이었다. 그들은 더 이상 텍사스에 있지 않았다.

마거릿은 타워의 파장을 무력화하는 버튼을 누르기 전에 타워 바깥의 비행운 모양 메탄 가스 구름을 지켜보았다. 이제 브렌트우드의 어느 누구도 저 풍경을 보며 사랑하는 사람의 죽음을 연상하거나 무력감을 느끼지 않을 것이다. 마거릿은 손바닥으로 스즈키의 눈을 쓸어 감겼다. 눈꺼풀이 닫힘과 동시에 눈물이 멈췄다. 스즈키 씨의 앙다문 입꼬리가 조금 올라가 있었다. 그건 기대감을 품은 미소였다.

우리가 기대하는 멸망들

작가의 말

옥타비아 버틀러는 자신의 단편 「말과 소리」 후기에 이런 말을 썼다.

"나는 인류에 대해 희망도 애정도 없다는 기분으로 단편을 시작했지만, 결말에 이를 때쯤에는 희망이 돌아와 있었다. 언제나 그런 식인 것 같다."

처음 SF를 쓸 때는 어딘가 다정하고 따뜻한, 대안적 미래를 그린 SF 작품들이 한창 나오고 있었다. 아마 현실에서 상투적이고 실망스러운 일들을 자주 겪었고 도무지 세상이 변하지 않는다는 감각을 갖게 되어, 그런 이야기들에 매료된 사람들이 많으리라 짐작한다. 나도 그런 독자 중 하나였고, 나도 언젠가 '지금' '우리'가 원하는 미래를 그린 이야기를 쓰리라고 기대했다.

하지만 막상 글을 쓰다 보니 그렇게 되지는 않았다. 어쩌면 그런 이야기를 영영 쓰지 못할지도 모른다. 미래는 여전히 자기 나름의 방식으로 실망스러울 것이고 나는 실망스러운 미래의 모양을 구체적으로 상상하는 일에 흥미를 느낀다.

하지만 버틀러의 말대로, 단편 하나를 완성할 때마다 나의 냉소가 조금씩 줄었다는 착각이 든다. 특히 내가 근사한 이야기를 만들었다는 착각이 들 때 가장 냉소가 많이 줄어든다. 그런 착각이 드는 건 몇 년에 한 번이면 족하다.

이 책의 단편들은 모두 2019년부터 2021년 사이에 그런 마음가짐으로 쓰였다. 친구들을 자주 만났고, 앞으로의 삶의 태도를 결정하리라 믿을 정도로 중요하게 느껴지는 대화를 매주 나눴던 때였다. (하지만 그게 무슨 내용이었는지는 이제 대부분 기억나지 않는다. 이제 우리는 서로에게 '그거 자의식과잉이야.' 따위의 말밖에 하지 않는다.) 친구들은 서로의 가장 엄격한 비평가면서 가장 열렬한 관객이었고, 떠들썩한 공모자면서 견딜 수 없는 동료였으며, 유년에 만나지 못한 스승이자 어리숙한 반면교사였다. 이 책에 실린 모든 이야기들은 그 친구들에게 어느 정도 빚을 지고 있다.

2019년 겨울쯤에 친구와 주기적으로 SF를 써보자는 약속을 했다. 그렇게 처음 쓴 과학 소설이 「배부른 소리」였다. 식욕과 허기에 항상 패배하고 마는 나의 몸에 느꼈던 한심함이 동기가 되었다. 수정하면서 결말이 계속 바뀌었다.

「디어 브리타」는 서간체 소설을 써야겠다는 마음으로 시작되었다. 쓰는 동안에는 누군가 술자리에 오지 않을 때마다 마치 죽은 가족을 그리워하는 표정을 지었던 친구들의 얼굴을 떠올렸다. 결과적으로 이 책에 실린 단편 중 가장 낭만적인 이야기가 되었다.

나와 친구들이 원하는 미래가 어떻게 실패할지를 상상하다가 「캠프 버디의 목을 조르고」가 나왔다. 완벽한 동조와 공감이 세상을 구원하리라는 믿음을 의심해 보았다.

2020년 여름에 미술작가인 친구가 기획한 강습형 퍼포먼스에 참여했는데, 당시 전시장에 있던 참여자들이 공유해 준 경험과 소재를 모두 활용해 즉석에서 플롯을 짰다. 그 플롯으로 써본 작품이 「감독님, 이 영화 이렇게 찍으면 안 됩니다」이다. 참여자들이 공유했던 소재들은 '먼지 덮인 채 장기 주차된 차', '다큐멘터리 윤리', '안구 돌출', '시간 여행', '한국인 같은 것과 한국인 같지 않은 것' 등이었다. 그리고 이 이야기에는 친구들이 부디 자연사하기를 바라는 마음으로 쓴 대사가 들어가 있다.

「비행운 아래에서」는 친구가 들려준 라나 델 레이의 〈Chemtrails Over the Country Club〉이라는 곡의 뮤직 비디오의 풍경과 가사를 보면서 떠올렸다. 미국 호러 대중 서사에서 자주 재현되는 이미지들(1960년대 교외의 권태로운 주부, 살인 컬트, 배역과 자신을 동일시해 파국을 맞는 영화배우 등)을 SF로 엮어 보고 싶었다.

「반문명 선언서」는 선언문 형식의 글을 써보자고 해서 만든 초단편이다. 직장에서 임금을 받는 대가로 나와 친구들의 영혼이 소진되고 있다는 생각을 할 때쯤 썼던 이야기라 그런지, 세상을 구성하는 것들이 쉽게 무너지는 모습을 상상하는 일은 즐거웠다.

가끔은 무책임하고, 대체로 예민하며, 자주 취약한, 그리고 언제나 이방인들의 수호성인 같은 나의 두 번째 사촌들에게 감사 인사를 전한다.